마그누스

MAGNUS
by Sylvie Germain

이 도서의 국립중앙도서관 출판예정도서목록(CIP)은
서지정보유통지원시스템 홈페이지(http://seoji.nl.go.kr)와
국가자료종합목록 구축시스템(http://kolis-net.nl.go.kr)에서 이용하실 수 있습니다.
(CIP제어번호: CIP2015006870)

마그누스

MAGNUS

실비 제르맹
장편소설

—

이창실 옮김

문학동네

마리안과 장피에르 실베레아노에게

"적절한 때에 이야기되지 않은 것은

다른 시대가 오면 순전한 허구로 간주된다."

—아하론 아펠펠드

일러두기

1. 원주 표시가 없는 주석은 옮긴이주이다.
2. 본문 중 고딕체는 원서에서 이탤릭체로 강조한 부분이다.

차례

/

프롤로그

운석 한 조각에서 우리는 우주의 기원과 관련된 몇 가지 사소한 비밀을 유추해볼 수 있다. 뼈 한 조각에서 선사시대 동물의 골격과 생김새를 끌어내고, 식물의 화석을 통해서는 오늘날 사막이 되어버린 지대에 한때 풍성한 식물군이 존재했음을 추측해보게 된다. 태곳적을 말해주는 이처럼 미미하고도 끈질긴 흔적은 수없이 남아 있다.

파피루스나 도기 한 조각을 보며 우리는 수천 년 전 사라진 어떤 문명으로 거슬러올라갈 수 있으며, 한 단어의 어근에서 출발해 수많은 파생어와 의미를 알아낼 수도 있다. 유물이나 씨앗에는 어김없이 견고한 생명의 핵이 들어 있다.

그 어떤 경우에도 수수께끼를 풀려면 상상력과 직관이 필요하다.

기억에 구멍이 뚫린 사람이 있다고 하자. 오랫동안 거짓에 묻혀 있다가, 시간에 뒤틀리고 의혹들로 들쑤셔진 기억이다. 그런데 어느 날 이 기억이 갑자기 환한 빛을 발하게 되었다면, 우리는 이 사람에 대해 어떤 이야기를 쓸 수 있을까?

대략적인 초상이거나 두서없는 스토리거나, 공백과 균열로 점철되고 규칙적으로 메아리가 끼어들다 끝내 올이 풀리고 마는, 그런 이야기가 아닐까.

이런 혼돈은 불가피한 것이리라. 한 사람의 생의 연대기는 생각처럼 그렇게 단선적일 수 없으니 말이다. 공백과 공동空洞, 메아리와 불분명한 경계. 이것들은 모든 기억이 그렇듯 모든 글쓰기의 구성 요소다. 인생의 하루하루가 그렇듯 책 속의 말들 역시 하나의 균일한 덩어리가 아니다. 아무리 풍성한 말들이나 날들이라 할지라도 그것들은 거대한 침묵을 배경 삼아 소진되지 않는 가능성과 암시와 문장의 군도群島를 그려놓을 따름이다. 그런데 이 침묵은 순수하지도 평화롭지도 않아서 나지막한 웅성임이 끊임없이 들려온다. 과거의 끝에서 솟구치는 이 웅성임은 현재의 도처에서 모여든 웅성임과 뒤섞인다. 목소리들의 바람, 숨결들의 다성악이다.

저마다의 마음속에서 프롬프터의 목소리가 아무도 모르게 가만가만 들려온다. 세상과 타인들과 나 자신에 관한 뜻밖의 정보를 전해주는 미심쩍은 목소리, 조금만 귀기울여도 들을 수 있는 목소리다.

글을 쓴다는 것은 프롬프터박스로 내려가, 단어들 사이 혹은 주위에서, 때로는 단어들 한복판에서, 언어가 침묵하며 숨쉬는 소리에 귀기울이는 법을 배우는 것이다.

단장斷章 2

모든 사물에, 부모를 포함한 모든 사람에게, 그는 순진함과 놀라움이 가득한 눈길을 보내며 만사를 세심히 관찰한다. 사경을 헤매다가 보고, 말하고, 사물과 사람들의 이름을 부르는 법을 다시 익히게 된 회복기 환자의 눈길, 사는 것을 다시 배우게 된 사람의 눈길이다. 다섯 살 되던 해, 그는 큰 병을 앓아 고열로 말과 갓 습득한 지식을 모두 잃고 말았다. 그는 이제 아무것도 기억하지 못하며, 머릿속은 탄생의 그날만큼이나 텅 비어 있다. 하지만 스스로도 출처를 모르는 그림자들이 간혹 머릿속을 스친다.

건망증을 보이며 말하기를 거부하는 이 아이를 재교육하기 위해 어머니 테아 둥켈탈은 혼신의 힘을 다한다. 아이에게 언어를 다시 가르치고 과거의 일들을 하나씩 들려주며 아이의 잃어버린 과거를 차츰 회복시켜놓는다. 한 편의 드라마와도 같은 이야기 속에서 아이는 언제나 주인공이며 어머니는 그를 지켜주는 착한 왕후다. 오로지 언어의 마술 같은 힘을 빌려 그녀는 또 한번 그를 세상에 태어나게 한다.

매혹적인 동화 같은 드라마다. 모든 동화가 그렇듯 무섭고 놀라운 일들이 뒤섞인 이 드라마에서는 식구들 저마다가 영웅의 역할을 맡고 있다. 아이는 게걸스러운 열병의 희생자이지만 마침내 열병을 이겨냈고, 어머니는 착한 요정, 아버지는 훌륭한 의사로서 소임을 다한다. 그리고 이 삼인조에 다른 두 인물이 합세한다. 누구보다 용감하고 존경스러운, 어머니의 남동생들이다. 그들에게 무구한 긍지를 느끼며 영원히 감사의 마음을 바치는 것은 아이의 의무다. 그들이 거친 기후만큼이나 사람들도 잔인한 그 먼 고장으로 싸우러 떠나 자신들을 희생한 것은 아이가 강하고 영광스러운 나라에서 자랄 수 있게 하기 위해서였으니 말이다. '적'과 '병'이라는 말을 동일시하는 아이는 외삼촌들이 자신의 적인 병에 맞서 싸우다 전사했다고 상상한다. 열병을 차가운 땅에 쓰러뜨려 그 불을 끄려다 지쳐 얼어 죽었다고. 아이는 이 두 영웅의 이름이 자신의 이름이 되고, 자신이 두 삼촌의 살아 있는 묘墓가 되는 것을 고분고분히 받아들인다.

비장함과 숭고함이 가득한 이 가족의 영웅담은 이루 말할 수 없이 매혹적으로 보이지만 그래도 결함을 지니고 있다. 겉보기에는 사소한 결함이지만 아이는 그 때문에 몹시 슬프다. 어머니가 마그누스를 아주 하찮게 여기는 것이다. 하찮게 여기다못해 경멸하고 혐오한다고 해도 좋았다. 마그누스와 자신, 프란츠게오르크는 절대로 떼어놓을 수 없는 사이였는데 말이다. 결국 아이는 아무도 모르게 이 친구를 전설 속에 들여놓는다. 친구를 위해 이런저런 장면을 상상해내어 둘만 있을 때 친구의 귀(불에 덴 흉터가 있는 귀)에 대고 그 아픔을 덜어주기 위해 오래도록 소곤소곤 들려준다. 마그누스도 그와 대등한 역할을 맡고 있는 장면들이다.

약주略註

마그누스는 보통 크기의 아기 곰이다. 군데군데 오렌지빛이 들어간 옅은 밤색에, 털은 닳아서 해질 대로 해진 이 아기 곰에게서는 살짝 눌은 냄새가 난다.

둥글게 재단된 크고 부드러운 두 가죽 귀는 적갈색 밤톨처럼 매끄럽고 윤기가 흐른다. 그런데 말짱한 한쪽 귀와는 달리 다른 쪽 귀는 반쯤 눌어 있다. 양발 끝에도 똑같은 타원형 가죽 조각이 대어 있고, 공 모양의 콧방울은 실로 촘촘히 박은 검은 양모로 되어 있다.

무엇보다 눈이 특이하다. 미나리아재비 꽃부리 같은, 금빛으로 반짝이는 두 눈의 눈길은 부드럽고도 멍하다.

목에는 알록달록한 글자로 큼직하게 이름이 수놓인 네모난 면 헝겊이 감겨 있다. M은 검붉은 색, A는 분홍색, G는 보라색, N은 오렌지색, U는 암청색, S는 주황색이다. 글자는 색이 바래고, 실에는 때가 끼고, 면 헝겊은 누레져 있다.

단장 3

아이는 주변 사물들을 응시하며 대부분의 시간을 보낸다. 사람들은 그가 지나치게 몽상적이며 수동적이라 말한다. 하지만 그건 사실이 아니다. 풍경과 하늘, 사물과 짐승과 사람들을 오랫동안 유심히 살피는 매우 진지한 작업을 하고 있는 것이기 때문이다. 그는 이 모두를 기억에 새겨두려고 애쓴다. 그의 기억은 모래처럼 흩어지는 불안정한 것이었기에 이제 그 기억에 광물의 견고함을 부여하려고 노력한다.

아이는 마을 주변에 펼쳐진 황야, 분홍빛 안개 같은 히스, 연못과 노간주나무 숲을 좋아하며, 해 질 무렵 하늘이 짙푸른 색을 띠어갈 때 비단처럼 부드러운 빛을 발하는 자작나무 숲을 무엇보다 사랑한다. 그는 사물들의 대조적인 색깔과 밝기에 매혹당하며, 먹구름 잔뜩 낀 하늘의 남보라색 틈새로 새어나오는 빛줄기를 관찰한다. 늪의 초록 물 위에서는 얼룩덜룩한 빛의 반점들에 시선이 멎고, 이끼 낀 바위의 결에서는 은 세공물의 광채와도 같은 섬광을 포착한다. 그러나 밤은 두렵다. 밤은 일체의 형태와 색깔을 집어삼켜 혼돈 속으로 마구 던져넣기 때문이다. 그럴 때면 아이는 가소로운 헝겊 방패로 몸을 가리듯 마그누스를 품에 껴안는다. 그리고 곰인형의 귀에, 보통은 왼쪽 귀에, 앞뒤가 맞지 않는 짤막한 이야기들을 속삭여댄다. 특별한 보살핌이 필요한 상처 입은 귀에 대고. 어머니가 이야기로 얼러주듯 아이도 마그누스를 말로 다독거리며 소중히 돌본다. 말에는 큰 힘과 위로가 동시에 담겨 있기 때문이다.

어른들을 보면 아이는 당황한다. 그들이 걱정하거나 기뻐하는 일들이 이해되지 않는다. 그들이 이따금 나누는 이상한 대화들은 더더욱 이해가 안 된다. 그들은 기분이 좋거나 화가 나면 고함을 지르는데, 그런 요란하고 거친 웃음소리나 노한 음성을 들으면 몸이 움츠러든다. 아이는 목소리에, 소리의 크기와 어조와 결에 몹시 민감하다. 자신의 목소리가 이상하게 들릴 때도 있다. 몹쓸 병에 걸려 심한 고열에 시달릴 때 쏟은 눈물과 거친 숨결로 목구멍이 손상되지 않았나 싶다.

그는 부모를 온 마음으로 사랑하면서도 외자식이 느끼는 고독 앞에 속수무책이 되어 그들을 관찰한다. 특히 아버지가 그렇다. 아버지 앞에만 서면 위압감이 느껴져 질문을 할 엄두도 내지 못한다.

아버지 클레멘스 둥켈탈은 의사다. 하지만 개인 환자를 받지도, 병원에서 일하지도 않는다. 그의 근무지는 그들이 사는 마을에서 그리 멀지 않지만 프란츠게오르크는 한 번도 그곳에 가본 적이 없다. 그 당당한 풍채와 근엄한 태도로 미루어, 의사 둥켈탈은 분명 영향력 있는 사람이다. 건강의 마법사라고나 할까. 그가 일하는 넓은 시골 요양원은 수많은 환자를 받는데, 하나같이 전염병을 앓는지 요양원 밖으로 나가지 못하게 되어 있다. 프란츠게오르크는 그렇게 많은 환자들이 다 어디서 온 건지 궁금하다. 그 사람들은 유럽 전역에서 왔다고 어느 날 어머니가 샐쭉해져 말했다. 혐오감과 거만함이 뒤섞인 목소리였다. 아이는 지도에서 유럽을 찾다가 그만 어리둥절해지고 만다. 유럽은 참으로 넓고 인구도 많은 땅이기 때문이다.

아버지는 자주 집을 비우며, 집에 있을 때도 아들에게 별로 신경쓰지 않는다. 아들과 함께 놀아주거나 이야기를 들려주지도 않으며, 어쩌다 관심을 보이는 것도 아들의 수동적인 태도를 나무라기 위해서다. 하지만 명상은 결코 게으름이 아니라 기억을 단련하기 위한 꾸준한 노력이라는 사실을 프란츠게오르크는 아버지에게 설명할 말도 용기도 찾지 못한다. 자신이 생각하고 느끼는 바를 표현하지 못해, 무엇보다 아버지 마음에 들 수 없다는 슬픔에, 그는 무기력한 눈물만 흘린다.

그러나 어느 마술 같은 저녁에는 클레멘스가 방탕한 왕으로 변신하기도 한다. 그가 아내나 만찬에 초대한 친구들의 피아노 반주에 맞춰 바흐나 쉬츠, 북스테후데, 슈베르트의 곡을 노래할 때다. 그는 샹들리에에서 떨어지는 강렬한 황금색 빛줄기 속에 꼿꼿이 버티고 서서 놀랄 만큼 유연한 베이스바리톤의 음성으로 노래를 한다. 그의 입이 크게 열린다. 폭풍에 시달리는 태양이 떨며 울부짖는 어둠의 심연이다. 빛이 그의 금속 안경테를 타고 아롱거리며, 두 눈은 유리알 속에 녹아버린 듯 사라진다. 벗어진 이마에 매부리코인 맨송맨송한 얼굴 또한 무슨 흰 금속으로 주조하거나 반죽으로 빚어놓은 듯하다. 고대 그리스 연극에서 합창대장이 썼던 준엄하게 반짝이는 가면 같다. 그는 씨 뿌리는 사람의 느린 동작을 허공에 대고 어렴풋이 재현한다. 작고 다부진 두 손의 말끔히 다듬어진 손톱이 샹들리에 불빛 아래 반짝인다.

아이는 숨을 죽이고 귀기울인다. 아버지의 강하고 부드러운 숨결에 더 많은 자리를 내어주기 위해서다. 어둠을 다스리는 주인의 목소리다. 아버지는 열병이라는 적을 때려눕힐 수 있었듯이 어둠의 위협적인 힘을 길들인다. 아버지는 그런 식으로 노래를 불러 자신의 치유를 돕는 것이라고, 유럽 전역에서 아버지를 찾아온 무수한 환자들 역시 분명 그런 식으로 치료받고 있는 것이라고, 프란츠게오르크는 믿고 있다. 아이는 이 목소리의 고치로 자신을 감싼다. 그가 간혹 몸을 숨기는 거실의 자주색 벨벳 커튼보다 더 치밀하고 관능적인 목소리다.

바로 이 목소리 때문에, 그 매혹적인 저녁 시간에 듣는 목소리 때문에, 프란츠게오르크는 아버지를 사랑하며 무한히 존경한다. 아버지는 좀처럼 다정한 모습을 보이지 않았고 그것이 아이에게는 상처였지만, 그래도 상관없다. 아버지의 노래는 고통을 달래기에 충분하며, 적어도 이 고통을 행복한 멜랑콜리로 바꾸어놓는다. 아버지는 냉담하지만, 그의 노래는 피난처요 기쁨이다. 아버지의 가슴속에는 밤의 태양이 깃들어 있다.

속창續唱

숲속의 야상곡

언제나 우리는 그대를 환영한다네, 오 밤이여!
이 숲속에서는 더욱 그렇다네.
그대 눈이 남몰래 미소짓고
그대 걸음이 한층 사뿐해지는 이곳에서는!

……

그대의 말은 미풍의 속삭임,
그대의 길은 얽히고설킨 빛줄기라네.
그대 입맞춤에 잠잠해진 사물들은
눈을 감고 깊은 잠에 빠져든다네!

……

우리는 입을 모아 노래하네,
“밤은 숲속 제 집에 있다!”고.
그러면 메아리가 길게 화답하네,
“밤은 숲속 제 집에 있다!”고.

이 숲속에서 우리는 그대를 두 배로 환영한다네,
오 부드러운 밤이여,
그대의 모든 아름다운 치장이
우리에게 더한층 우아한 미소를 보내오네.

〈숲속의 야상곡〉
요한 가브리엘 자이들의 시에 부친
프란츠 슈베르트의 합창곡

단장 4

아버지는 요사이 근심에 싸인 모습이다. 그는 어머니, 혹은 자신처럼 표정이 어두운 친구들과 긴 밀담을 나눈다. 아이는 대화에 낄 수 없지만, 그래도 이런저런 이야기의 동강들이 아이의 귓전에 와 부딪친다. 대화에 자주 등장하는 말들 가운데 아이의 호기심을 자극하며 불안에 빠뜨리는 단어 하나가 있다. 티푸스. 의사 둥켈탈이 돌보는 환자들이 이 전염병에 걸려 무수히 죽어가고 있다. 프란츠게오르크는 좀더 많은 것을 알고 싶지만 사전으로 이 단어의 의미를 파악하는 것은 지도를 보며 한 대륙의 위치와 넓이를 가늠하는 것보다 더 어렵다. 아직 글자를 잘 읽지 못하기 때문이다. 그러나 더 자주 귓전에 와 닿는 '전쟁' '적' '패배' 같은 단어들을 아이는 질병, 즉 티푸스라는 단어와 동일시한다.

클레멘스 둥켈탈은 아무것도 혼동하지 않고 점점 커져가는 위험을 정확히 내다본다. 날이 갈수록 그와 그의 친구들은 당당함을 잃고 신경질적으로 변해가며 겁에 질려 무언가에 쫓기는 듯한 성마른 모습을 보인다. 집에서 열린 순한 야회에 활기를 불어넣던 유쾌한 친구 율리우스 슐라크조차 농담을 하거나 허풍을 떨지 않는다. 여가 활동으로 시인 행세를 하며 기회가 있을 때마다 클라이스트나 괴테, 헤르더, 횔덜린, 실러의 장시長詩를 낭송하던 친구 호르스트 비첼도 마찬가지다. 옷을 입거나 인사를 하거나 행동하는 방식이 갑자기 바뀐다. 더이상 그 당당한 제복을 입지 않았고, 요란하고 장중한 인사도 한풀 꺾인다. 군대식 걸음걸이에도 힘이 빠져 있다. 결국 그들은 벽에 바싹 붙어 서서 걷기 시작하더니 벽을 뚫고 드나드는 놀이를 하다 공기로 변한다.

3월의 어느 밤, 둥켈탈은 가족을 이끌고 도둑처럼 남몰래 집을 빠져나온다. 한 손으로 어머니를 붙잡고 선 프란츠게오르크는 밤과 미지의 세계에 대한 두려움을 쫓기 위해 다른 한 손으로 자신의 곰인형을 꽉 껴안는다. 머릿속으로는 유럽 전역에서 들이닥친 티푸스라는 이름의 무시무시한 적을 피해 달아나는 거라고 생각한다. 이 년 전쯤 그의 목숨을 앗아갈 뻔했던 열병과 같은 열병이 아닐까? 그렇다면 두 삼촌은 헛되이 죽은 것이고, 가족의 전설 역시 환상임이 드러나는 셈이지만.

남쪽으로 향한다. 하지만 길고 먼 길이 구불구불 불안하게 이어져, 남쪽이 끝없이 물러서는 것 같다. 그들은 황폐해진 고장을 방황하며, 파괴된 도시와 마을을 가로지르고, 얼이 빠진 듯한 사람들 무리와 마주친다. 몇 날 며칠을 지하실이나 광에 숨어 지낼 때도 있다. 배가 고프지만 그보다 더 괴로운 건 공포다.

그들은 모든 것을 잃었다. 이름조차. 둥켈탈을 켈러라는 이름으로 바꿨다. 부모는 이제 오토와 아우구스타 켈러가 되고, 아이는 그저 프란츠 켈러라고만 불린다. 곰인형 마그누스만 정체성을 그대로 보존한다. 아이는 이런 부조리한 변화를 자기 나름대로 해석한다. 굳은 빵덩어리나 담배꽁초 같은 하찮은 것들마저 물물교환의 대상이 되는 이 혼돈의 상황에서는 이름마저도 교환 가치를 가질 수 있는 거라고. 하지만 그것을 무엇과 바꿨는지, 그래서 무슨 이득을 얻었는지 이해하지 못한다. 부모도 자세히 설명해주지 않는다. 그의 진짜 이름과 그들이 떠나온 집, 살던 곳, 심지어 아버지의 직업에 대해서마저 철저히 함구하라는 명령만 내릴 뿐이다. 아이는 마치 중대한 비밀인 양 자신의 귀에 소곤소곤 전해진 이 명령에 아무 이의도 제기하지 않은 채 복종한다. 워낙 내성적이고 고분고분한 성격인데다 어른들과 동떨어진 생활에 익숙하기 때문이다. 어른들의 숱한 말과 행동이 아이에게는 수수께끼 같지만, 그렇게 놀라움과 의심과 의문을 마음속에 간직한 채 자신의 고독 속에서 무르익도록 내버려둔다. 그러나 하늘을 가르며 붕붕대는 비행기 소리에 아이는 마비 상태에 빠진다. 광기가 절정에 달해 이따금 도저히 있을 법하지 않은 장면이 펼쳐지는 길을 따라 도주하는 군중과 황폐한 도시들의 풍경. 구토가 일고 어렴풋한 복통이 느껴진다. 이 모든 와해의 장면들은 썩은 과일이나 상한 고깃덩이 같아서, 눈으로 집어삼키면 배 속이 오염되는 듯하다. 밤이면 이 흉포한 장면들이 배 속에서 찰랑찰랑 흙탕물 소리를 내며 꿈틀댄다. 그러면 아이는 울며 잠에서 깨어나 마그누스를 품에 안고 웅크린다.

그리하여 아버지는 아이와 아내 단둘이서 지옥 여행을 떠나게 한다. 아버지는 여건이 닿는 대로 합류할 거라고, 하지만 안전을 위해서 지금은 좀더 숨어 있어야 한다고 말한다. 자기가 없으면 두 사람이 좀더 빨리 갈 수 있을 거라고. 그 말은 사실이었다. 아버지가 떠나자 끝이 보이지 않던 여행에 속도가 붙기 시작한다. 남쪽으로 향하는 그들의 발길을 구속하던 어떤 짐이 떨어져나간 듯하다…… 그렇긴 해도 아이는 아버지와의 이별이 고통스럽다.

아우구스타 켈러와 아들 프란츠는 한 소도시에 도착한다. 몇 주 전까지만 해도 무척 아름다운 도시였지만 이제 도시는 호숫가의 잔해 더미에 불과하다. 두 사람의 방황은 이곳에서 마무리되고, 아버지를 기다리는 시간이 시작된다.

약주

프리드리히스하펜: 독일 남서부, 콘스탄체 호수 북쪽 연안에 위치한 도시.

19세기에는 뷔르템베르크 왕가의 여름 휴양지였다.

이 도시의 역사에 획을 긋는 사건을 벌인 이는 페르디난트 폰 체펠린이다. 그는 19세기 말 이곳에 금속제 비행기구 제조업을 정착시킨 인물이다.

20세기 초에 이르러서는 비행기 엔진 등을 제작하며 산업 중심지가 된다.

제2차세계대전이 막바지에 다다랐을 즈음, 이 오래된 도시는 연합군의 맹공을 받아 완전히 파괴되다시피 한다.

단장 5

아우구스타 켈러는 사랑스러운 테아 둥켈탈의 침울한 분신처럼 보인다. 그녀는 아름다운 집과 사회적 지위를 잃었다. 두 남동생을 떠나보낸 그녀의 큰 슬픔 앞에 깊은 존경심과 연민의 정을 느끼며 저마다 경의를 표하던 지기들도 잃었다. 무엇보다 그녀는 그 슬픔을 용감하게 극복할 수 있도록 해준 고귀함에 대한 환상을 잃어버렸다. 독일제국을 시공 속 멀리까지 확장시키기 위해 싸우다 희생당한 동생들, 동방의 눈 덮인 미개한 땅 어딘가에서 죽은 동생들, 길 잃은 개와 늑대들이 그 얼어붙은 시신을 먹어치웠을 두 동생은 그녀의 환상 속에서 무덤 없는 영웅들이었건만.

총통은 죽었다. 활활 타오르는 목소리로 그 영광스러운 꿈을 대변했던 자가 죽은 것이다. 그와 더불어 천년왕국인 독일제국도 겨우 열두 해를 버티다가 무너져내렸다. 애국과 우애, 그 두 가지가 뒤섞인 그녀의 열정도 차갑게 식어버렸다. 남은 것이라고는 재와 잔해, 유골뿐이었다. 그녀는 조국이 승리의 개가로부터 대재앙으로 나날이 넘어가는 것을 목격한 참이다. 이 나라의 아름다운 도시들이 불붙은 흰개미 집처럼 허물어지고, 그토록 자만심에 차 있던 국민들이 공포와 수치심에 비참하게 떨며 떼 지어 흩어져 도망치는 모습을 본 것이다. 지독한 속임수에 걸려들어 갈취당한 느낌이다. 낙담한 마음에 날이 갈수록 쓰디쓴 독이 퍼진다. 하지만 그녀는 강한 여자여서 어떻게든 살아남기로 마음먹고 인내심으로 허리띠를 졸라매며 남편이 오기만을 기다린다. 다행히 남편이 프리드리히스하펜에 연고를 두고 있던 덕택에, 도심에서 벗어나 있어 폭격을 면한 한 동네에서 방도 구하고 병원 조리사 일도 맡게 된다. 보잘것없는 급료일망정 굶어죽지 않고 아들과 함께 그럭저럭 살아갈 수 있게 해주는 괜찮은 직장이다.

아무리 피곤해도 그녀는 예전처럼 저녁마다 시간을 내어 아들에게 이야기를 들려준다. 재난의 풍광들을 통과하며 도주하는 동안 아들이 그 모든 것을 목격해 큰 충격을 받았다는 사실을 그녀도 알고 있다. 아이는 밤마다 소스라치듯 잠에서 깨어 울거나 신음 소리를 낸다. 그러면 그녀는 아이를 품에 안고 흔들어 달래며 부드러운 목소리로 가족의 영웅담을 되풀이해 들려준다. 크게 훼손되고 망가진 이야기지만 그녀는 이 과거를 화려하게 미화해 되살려낸다. 지난 몇 주 동안의 기억을 어떻게든 지워버리려 애쓰며 아들에게 밝은 미래를 약속한다. 아버지가 돌아오기만 하면 모든 게 좋아질 거라고, 다시 예전처럼 살게 될 거라고. 분명 다른 곳에서 다른 방식으로 살게 될 테지만, 그래도 예전처럼 살게 될 거라고, 아니, 전보다 더 나은 삶을 살 거라고. 초라한 방의 어둠 속에서 아이에게 늘어놓는 이야기에 그녀 스스로도 아이만큼이나 도취된다.

그렇게 세월이 흐른다. 가난과 기다림과 불안으로 창백해진, 우울하고 견디기 힘든 나날이다. 그래도 희망이 그들을 지탱해준다. 그리고 어느 가을 저녁, 마침내 아버지가 다시 나타난다. 아니, 아버지라기보다는 아버지의 그림자다. 오토 켈러는 강한 클레멘스 둥켈탈의 나약해진 분신이라고도 할 수 없는 가련한 모조물이다. 사냥꾼에게 쫓기는 사나운 짐승의 눈길에다 수염이 더부룩한, 몹시 더럽고 마른 도망자의 위축된 모습이다. 모든 마법이 풀리면서 힘을 잃고 권좌에서 쫓겨난 이 밤의 왕을 프란츠는 놀란 표정으로 바라본다. 이처럼 야위고 굽은 초라한 몸으로 아직 노래를 부를 수 있을까? 그의 가슴속에서 관능적으로 울리던 밤의 태양은 어떻게 된 걸까? 아버지가 자신의 이름과 손목시계와 그 밖의 많은 물건을 식량이나 가짜 신분증명서와 맞바꿨듯 그것 역시 맞바꾼 건 아닐까? 하지만 살아 있는 아버지를 다시 보게 된 행복감이, 초췌해질 대로 초췌해진 그의 모습을 발견하는 고통을 압도한다. 아이는 아버지 곁에 한껏 바싹 붙어 서서 감히 입에 담을 수 없는 말을 눈으로 전한다. 괜찮다고, 지금 겪고 있는 일들은 견딜 만하다고. 무엇보다 아버지를 여전히 사랑하며, 어쩌면 전보다 더 사랑한다고. 정말 그렇다. 아이는 아버지를 전보다 더 사랑한다. 아버지를 향한 연민의 감정이 그가 오만하고 당당하던 시절에 아들에게 불러일으켰던 두려움을 넘어선다. 게다가 이제 아버지는 예전에 중요한 직책을 맡았을 때처럼 집을 비우지도 않는다. 대부분의 시간을 방안에 틀어박혀 보내며, 아주 가끔씩, 해가 저물어서야 외출을 할 따름이다.

그런 식으로 아이는 생각한다. 아이는 어머니가 의도한 엄청난 기만 속에서 부유하며, 주위에서 벌어지는 일들을 전혀 이해하지 못한 채 현실과 동떨어진 순진무구한 삶을 산다. 그 야만적인 현실을 직접 목격하고 겪으면서도. 마침내 재회한 부모와 함께 살게 되었다는 사실에 가난과 굶주림마저 하찮게 여겨질 정도다. 중대한 계획이 구상되고 있었다. 바다 건너 먼 나라로 떠난다는 계획이다. 저녁마다 부모의 입에서 새어나오는 먼 나라의 이름은 무슨 약속처럼 울림이 낭랑하다. 멕시코. 매혹적인 꿈과 비밀을 간직한 이름.

멕시코, 이 이름이야말로 그들 세 사람의 비밀이며 희망이며 미래다.

어느 날 밤 아버지는 예의 그 비밀스러운 외출에서 몹시 기쁜 얼굴로 돌아온다. 여행에 필요한 돈과 신분증명서를 구한 참이다. 마침내 멕시코로 먼저 가서 그곳 사정을 파악할 채비가 된 것이다. 아내와 아들은 안전한 시기를 기다렸다가 나중에 그와 합류하기로 한다. 그는 헬무트 슈발벤코프*라는 이름의 새로운 신분증명서를 아우구스타-테아에게 자랑스레 내보인다. 그는 새와 관련된 이 성이 재미있다.

"슈발벤코프, 제비 머리라! 이런 위험한 이주를 감행하는 데 길조라 할 만하군!"

그는 묘한 미소를 지으며 말끝을 흐린다.

"아, 이 헬무트 양반……"

그러고는 익살스러운 어조로 아이헨도르프의 시 한 소절을 읊는다.

"세상에 친구 하나 있더라도 이 순간 그를 경계하라. 그의 눈과 입은 다정할지 몰라도, 이 거짓된 평화 한복판에서는 전쟁을 꿈꾸나니."

---

* Schwalbenkopf. 독일어로 Schwalbe는 '제비', Kopf는 '머리'를 의미한다.

프란츠는 다소 어리둥절한 표정으로 아버지의 목소리에 귀를 기울인다.

"노래 불러주세요, 아빠, 제발요……"

헬무트 슈발벤코프로 막 변신한 아버지는 기분이 좋아 메차보체 창법으로 노래를 흥얼거린다. 그가 부르는 슈베르트의 가곡을 들으며 아이는 감미로운 감동을 느낀다.

약주

헬무트 슈발벤코프: 1905년 프리드리히스하펜의 바데뷔르템베르크에서 출생.

1931년 게르트루트 메켈(1911년생)과 결혼.

두 명의 자녀를 둠: 안나루이자(1934년생)와 볼프(1937년생).

1939년 징집되어 폴란드로 파병된 그는 그곳에서 부상을 입고, 나중에 러시아에서 포로가 된다. 1946년 석방되어 집으로 돌아온다.

프리드리히스하펜으로 돌아온 그는 아내와 아이들이 사망했다는 사실을 알게 된다. 전쟁이 끝날 무렵 이 도시에 가해진 폭격으로 그가 운영하던 빵 가게도 사라진 뒤였다.

그는 이 도시에서 부랑자로 떠돌다가 1947년 3월 어느 저녁 실종되었으며, 그후 어떻게 되었는지는 아무도 모른다. 자살했다는 추정도 나돌지만 시신이 발견되지는 않았다. 호수에, 침범할 수 없는 이 은밀한 무덤에 몸을 던졌을 가능성도 있다.

단장 6

아버지는 다시 떠난다. 이번에는 아주 긴 여행이다. 다시 기다림이 시작된다. 지난번보다 더 초조한 기다림이다. 아우구스타 켈러라는 가명을 쓰는 테아는 인내심으로 새로이 무장하지만 나날이 쌓여가는 불안과 피로의 무게에 짓눌려 거칠고 성마른 성격으로 변한다. 더이상 아들을 전처럼 애지중지하지 않으며 꾸짖는 일이 점점 잦아진다. 갑자기 아들이 지나치게 게으른 몽상가라고 여겨져 이제야말로 유년기의 습성을 떨쳐버릴 때라고 생각한다. 그래서 예전에 남편이 그랬듯 아들을 엄격하고도 가혹하게 대한다.

사실이다. 프란츠는 벌써 아홉 살이지만 서둘러 어른의 대열에 낄 생각이 전혀 없는 듯하다. 아이는 자라면서 어른들의 행동방식, 오락거리와 골칫거리를 더 잘 이해하게 됐지만 아직 그 의미를 간파하지는 못한다. 그렇다고 어른들의 모호한 세계를 더 깊이 알려고도 하지 않는다. 그들에 관한 얼마 안 되는 지식으로 짐작하건대 그다지 매력적인 세계가 아니기 때문이다. 그들이 열중하거나 만족을 얻는 일들로 미루어, 천박하고 비참하기까지 한 무언가를 추측해본다. 게다가 어른들은 별로 믿을 만한 사람들 같지도 않다. 수년간 조용히 전념해오던 일을 갑자기 놓아버리고 이름까지 갈아치우더니 종내 세상 끝까지 도망쳐버리니 말이다.

그보다 더한 일들도 있다. 어른들은 뭐든 부수고 불사를 수 있는 사람들이었다. 집, 다리, 교회, 도로 그리고 도시 전체를…… 아이는 이 모든 광경을 목격하고도 황폐해진 풍광 속에 여전히 살고 있다. 그런데 이런 미친 짓보다 더 끔찍한 무언가가 있는 듯하다. 이런 파괴 행위가 단순히 도시만이 아니라 특정한 민족 전체를 상대로 이루어진다는 것. 이것은 어린 프란츠의 이해력을 넘어서는 일이다. 이 문제에 관해 믿기지 않는 이야기들을 들은데다, 특히 사진에서 본 것들이 있었다. 시선을 낚아채고 눈을 멀게 하는 광경이었다. 아무렇게나 쌓아놓은 흰 나뭇단 같은, 피골이 상접한 시신 더미. 환각에 사로잡힌 듯 검게 팬 휑한 눈의 산송장들. 너무 야위고 쭈글쭈글해 노인처럼 보이는 아이들은 대황 줄기처럼 가느다란 목이 지탱하기엔 까까머리가 지나치게 무거워 보인다. 그러나 어머니는 아들이 이 끔찍한 장면들에 맞설 수 있게 돕거나 무어라 설명해주기는커녕 언급을 일절 거부한다. 아들에게 큰 정신적 충격을 가하며 사고를 마비시키고 산산조각내는 장면들을 앞에 두고 악착같이 사실을 부정하려고만 한다. 심지어 이런 정보들을 거짓으로 치부하고 사진들을 속임수라 비난한다. 그리고 원한과 확신에 찬 목소리로 단정짓는다. 정복자들이 퍼뜨린 이 모든 중상모략 때문에 아버지가 도망치지 않으면 안 되었다고. 그녀는 한시바삐 남편을 다시 보고 싶다고. 그녀가 그토록 사랑한 나라지만 이제는 이 나라를 영원히 떠나고 싶다고. 총통을 잃은 뒤로 이 나라는 위대함을 모조리 상실했다고. 프란츠는 무슨 말을 어떻게 해야 할지 알 수 없다. 진실의 경계를 도무지 분간하지 못한다. 진실과 속임수를 식별할 수 없다. 어머니의 독설은 분명 허위와 불성실의 악취를 풍기지만 아이는 여전히 어머니의 지배를 받는다. 그녀가 단정하는 것이 진실일 수밖에 없다.

아이는 아버지에 대해서도 의문을 제기한다. 종전 뒤에 열린 재판 과정에서 아버지의 이름이 그의 동료인 율리우스 슐라크나 호르스트 비첼의 이름과 함께 수도 없이 언급됐다. 하지만 이 의문들은 너무도 흉측해 혼돈의 벽에 부딪힌다. 아버지에게는 '전범'의 낙인이 찍혔는데, 이 말은 이해를 넘어서는 엄청난 것이어서 프란츠는 그 정확한 의미를 도저히 파악할 수 없다. 끔찍한 무엇이리라 예감되는 진실과 맞붙어 싸워야 한다는 사실이 두려워 진정으로 이해하고 싶지는 않았던 만큼 더더욱 그랬다. 의사 둥켈탈은 근무지인 수용소에서 무수한 환자들의 목숨을 앗아간 티푸스를 정복하지 못해 추궁당하게 된 것일까? 무능의 잘못 말고는 달리 상상해볼 엄두를 못 내는 아이로서는 그건 부당하다고 여겨진다. 이 모든 현실에 직면해서도 아버지의 위엄에 찬 모습을 마음속에 간직한 아이는 아버지가 다시 보고 싶다. 마음을 진정시키는 그의 낭랑한 노랫소리가 다시 듣고 싶다. 정말 그랬다. 프란츠는 유년기의 무지를 떨쳐버릴 생각이 추호도 없다. 어른들의 잔인한 싸움에 서둘러 끼어들려 하지 않는다. 아이는 유년기를 온전히 누리지 못했을 뿐 아니라 많은 시간을 병에 갈취당하지 않았던가. 전쟁과 도주로 그 나머지 시간마저 멍든 유년기였다. 그렇게 상실한 부분이 아이를 괴롭혔으며, 잘려나간 사지처럼 쿡쿡 쑤시며 몸속에서 계속 욱신거렸다. 그래서 아이는 아버지에게 쏟아지는 비방을 문제 삼으며 고통받기보다 자신의 과거에 깃든 공백 쪽으로 관심을 돌려 유년기를 집어삼킨 기이한 블랙홀을 조심스레 살핀다.

마음속 깊이 잠들어 있는 신비에 얼마나 몰두했는지, 아이는 그 덕분에 활기를 찾는다. 그것이 살갗 밑에서 덧없는 느낌을 퍼뜨리며 몸속에서 전율하는 것이 느껴질 때도 있다. 고통인지 쾌감인지 단언할 수 없는 느낌이다. 언제나 느닷없이 찾아드는 느낌이었지만, 아이는 이 비밀스러운 섬광이—몸속에서 터져나와 신경과 핏줄과 척추를 타고 전속력으로 달리는 찬란한 불침의 소나기 같은—특정한 상황에서 생겨난다는 것을 곧 깨닫는다. 강렬하고도 화려한 색채들이 활활 타오르는 것을 보는 순간이다. 눈부신 정오의 태양, 선명한 오렌지색과 붉은색이 다채로운 무늬를 이룬 황혼, 짙푸른 하늘에 번개가 갈라놓은 주황색 균열…… 한번은 이런 작열하며 범람하는 섬광들 앞에 점점 고조된 흥분이 몸속 깊은 곳에서 사방으로 마구 퍼져나가는 것을 느꼈다. 느닷없이 닥친 관능적인 충격과도 같은 것이었는데, 기진맥진해 거기서 벗어난 순간 아이는 얼이 빠진 듯한 상태에서도 엄청난 환희를 느꼈다. 그것이 정확히 무엇인지는 이해할 수 없었지만, 난생처음 황홀경을 경험한 참이었다.

그후로 아이는 색채에 열광하며 화가가 되기를 꿈꾼다. 하지만 가진 것이라고는 몇 자루 안 되는 변변찮은 연필과 백묵뿐이어서 더 나은 재료를 찾지 못한 채 마분지 조각에 그것들로 서툴게 그림을 그린다. 그러나 결과는 실망스럽다. 아이는 곧 색칠을 포기한다. 그리고 여기저기서 강렬한 색깔들이 솟구쳐나와 자신을 흔들어놓기를 기다리는 것으로 만족한다. 자신이 두려워하면서도 소망하는 그런 혼돈의 상태로 데려가주기를.

약주

클레멘스 둥켈탈(1904년 4월 13일생): 나치 친위대의 최고 중대 지휘관.

의학박사. 다하우, 작센하우젠, 그로스로젠, 베르겐벨젠에 있는 강제수용소에서 잇달아 근무.

수용된 사람들 중에서 약자와 병자를 가려 가스실로 보내는 임무를 맡으며, 수많은 수감자들의 가슴에 직접 페놀 주사를 놓아 죽음에 이르게 하는 역할에 가담한다.

결석재판에서 종신형을 선고받은 그는 중앙아메리카에서 수배를 당한다. 나치 비밀기관 오데사*의 도움을 받아 그곳으로 도피하는 데 성공했다고 추정되었기 때문이다.

---

* 1947년 초에 창설된 나치 친위대 대원들의 비밀 도피 조직.

단장 7

하루하루가 천천히, 무겁게 흘러간다. 아우구스타 켈러는 묵묵히 날들을 센다. 저축하는 사람이 더 나은 삶을 위해 절약한 돈의 액수를 세듯 날들을 세고 또 센다. 시간이 흐를수록, 현재의 비참한 생활을 어서 끝내고자 하는 욕구가 강해질수록, 그녀는 남편과의 재회를 가능하게 해줄 신호를 기다린다.

그러나 결국 그녀에게 주어진 것은 출발 신호가 아니라 최종적인 정지를 의미하는 통보였다. 남편이 사망했다는 소식을 전해 들은 것이다. 그는 여러 나라를 거친 삼 년간의 도주 끝에 간신히 멕시코에 이르러 베라크루스 주州에 정착하려 했다. 하지만 거기서도 자신이 위험에 처한 채 감시와 추적을 당하고 있다는 사실을 알고는 기력이 다해 모든 희망을 잃고 자살을 택한 것 같았다. 그가 신분을 숨기기 위해 죽기 전 마지막으로 사용한 가명은 펠리페 고메스 에레라였다.

아우구스타 켈러는 이제 아무것도 기다릴 것이 없다. 근사한 탈주의 꿈이 허공에 산산이 부서지고 만 참이다. 그녀는 테아 둥켈탈이라는 본명을 다시 사용한다. 최악의 상황이 닥친 만큼 더 이상 두려울 것도, 감출 것도 없기 때문이다. 달리 갈 데도 없다. 부모는 베를린 폭격 때 죽었고, 츠비카우에 남아 있던 나머지 가족도 마치 독일을 곪은 상처처럼 취급하는 국경선 너머에 포로로 잡혀 있다. 미망인인 둥켈탈 부인은 이제 포로가 되어 갇혀버린 사막에서 맴돌기 시작한다. 원들이 점점 좁혀져 당장이라도 질식할 것만 같다. 천식을 앓고 있지만 치료할 마음도 없다. 그렇게 소멸의 길로 서서히, 힘겹게 들어선다.

프란츠게오르크는 그 어느 때보다 혼자가 되어 혼란을 겪으며 자신의 세계에 틀어박힌다. 무의미와 덧없음을 통감하며, 요컨대 바람의 세계에 갇혀 지낸다. 첼레에서 가까운 뤼네부르크의 전원에서 요양하던 시절처럼 아이는 자연과 대지와 하늘에서 위안을 찾는다. 야외의 대기를 들이마시며 그곳에 자신의 감각들을 펼쳐놓는다. 그리고 모든 사물을 하나하나 오래도록 명상한다. 프란츠에게 몽상은 가시 세계와 소리와 냄새를 천천히 음미하는, 그런 작업이다. 하루의 시간이 흐름에 따라 연한 코발트색에서 진보라색으로, 혹은 젓빛 담녹색에서 진초록색으로 쉴새없이 변하는 호수를, 잔잔하게 펼쳐진 이 푸른 호수를, 아이는 사랑한다. 과거에 황야를 사랑했던 것만큼이나. 아이는 색깔들의 생명을 지칠 줄 모르고 연구한다. 그것들의 끊임없는 변화와 떨림, 완만한 표출과 갑작스레 잇따르는 변화를.

그리고 이글거리는 빨강과 타오르는 노랑, 강렬한 오렌지색의 폭발을 언제나 흥분된 마음으로 지켜본다.

아이는 세상을 관조하며, 아버지를 향해 쏟아진 비난과 그의 모호한 죽음의 상황을 두고 어느 때보다 깊이 숙고한다. 하지만 일말의 안개가 어김없이 아이의 사고를 흩뜨리고 질문을 가로막으며, 이 남자를 향한 애정과 반감이 내면에서 끊임없이 맞선다.

아이는 아버지에 관해 쌓아온 모든 추억을 환기한다. 병이 치유된 뒤로 세세한 것 하나까지 기억에 새겨 생생하게 보존하는 훈련을 한 까닭에 실종된 아버지의 전체적인 윤곽과 얼굴, 걸음걸이와 몸짓을 눈앞에 성공적으로 그려낸다. 강한 집중력이 필요한 이런 시각화 훈련은 눈을 감은 채 이루어진다. 아이의 눈꺼풀 안에 나타난 아버지는 도주하기 전의 모습이다. 잇달아 추방되고 추격당하던 남자에 대해서는 기억하지 않으려 한다. 이 기억을 아들은 어둠 속에 밀어넣어둔다. 그것은 너무 아픈 기억이며, 아버지가 도망자에서 유령으로 화하는 실추의 과정을 잔인하게 드러내 보이기 때문이다. 그렇다. 아버지는 이제 바다 너머 저편에서 방황하는 환영에 지나지 않는다.

아이는 고인을 단지 시각적으로 부활시키는 게 아니라 그 목소리까지 되살리려 애쓴다. 밤보다 더 부드럽고 넉넉한 바람과 어둠의 외피로 자신을 감싸줄 줄 알았던 묵직한 목소리.

"그대의 말은 미풍의 속삭임, 그대의 길은 얽히고설킨 빛줄기라네. 그대 입맞춤에 잠잠해진……"

그런데 어떻게 이 목소리가 수백수천의 수감자들에게 고함을 쳐대며 그들을 말살시킨 그 끔찍한 목소리일 수 있단 말인가?

아이는 아버지가 생의 마지막을 보낸 나라의 언어인 스페인어를 배우기로 결심하며 멕시코 지도를 열심히 들여다본다. 베라크루스라는 이름이 난파한 범선의 커다란 돛대처럼 창백한 하늘을 배경으로 일어선다. 지도와 사전을 찾고 책을 뒤져 수집한 말들로 아이는 아버지의 실종된 시신에 수의를 짜 입힌다. 영원히 침묵하게 된 아버지의 목소리를 위해 이국의 단어들로 무덤을 만든다.

어머니, 그녀의 목소리는 숨이 짧고 날카롭게 울린다. 아들에게 가족의 영웅담을 들려주던 시절 그 목소리에 깃들어 있던 따뜻한 억양은 사라지고, 웃음소리에 담겨 있던 맑고 투명한 울림도 더이상 찾을 수 없다. 영웅담은 쓰레기가 되고, 기쁨 또한 모두 소진된 것이다.

어느 오후, 학교에서 돌아온 아이는 어머니가 낯선 방문객과 식탁에 마주앉아 있는 것을 본다. 수개월째 그들을 보러 온 사람이 거의 없었는데 말이다.

"얘가 프란츠게오르크야."

테아는 아이를 소개한 다음 낯선 남자를 가리키며 아이에게 말한다.

"이분은 로타르 외삼촌이다."

로타르는 자리에서 몸을 일으키지만 아이는 문턱에 꼼짝 않고 서 있다. 어떤 외삼촌을 말하는지 이해할 수 없다. 어머니가 들려준 가족의 영웅담에서 한 번도 언급되지 않았던 인물이다. 자신에게 이름을 물려준 두 외삼촌에 대해서는 귀가 닳도록 들었지만.

남자는 키가 크고 건장하며 우아하고 수수한 차림새다. 프란츠게오르크는 몹시 야위고 생기를 잃은 어머니와 그의 닮은 점을 전혀 찾을 수 없다. 그런데 남자가 자신에게 웃음을 지어 보이자 가족의 일원임을 느낄 수 있다. 명랑하고 애정이 가득하던 시절의 어머니 역시 똑같은 미소를 짓곤 했다.

"로타르 외삼촌은 널 보러 십이 년 만에 영국에서 나오셨어."

테아는 이렇게 설명하고는 덧붙인다.

"외삼촌과 함께 런던으로 떠나거라. 네 짐은 벌써 싸두었다. 떠나기만 하면 돼."

그녀는 이 놀라운 소식을 담담한 어조로 전한다. 남편의 사진이 걸린 회색 벽에 시선을 고정한 채.

"엄마는요?"

프란츠게오르크는 정신을 가다듬고 묻는다.

"난 아무데도 안 가. 여기 남을 거야. 여행을 하기엔 너무 힘들어서…… 나중에 괜찮아지면 그때 갈게."

그러나 이미 죽음의 쉰 소리가 나는 그녀의 지친 음성으로 미루어 빤한 거짓말을 하고 있음을 알 수 있다. 그녀의 말에 아무도 속지 않는다. 오빠 로타르와 아들이 말없이 지켜보는 가운데 그녀는 남편의 사진을 멍하니 바라보고 있다. 아니, 더러운 회색 벽을, 자신의 공허한 삶을 바라보고 있다는 편이 옳다.

그녀는 이윽고 아들을 돌아보며 억지웃음을 짓는다.

"네 지저분한 마그누스도 가져가라. 살짝 손봐서 네 가방 안에 넣어두었다."

이 말을 듣는 순간 아이는 이해한다. 무어라 설명할 수는 없지만, 어머니가 자신에게 작별을 고하고 있음을 이해한다. 함께 가자고 설득한들 아무 소용이 없다는 것을. 마술사의 모자에서 튀어나온 토끼처럼 불쑥 나타난 삼촌과 함께하게 될 이 갑작스러운 여행을 늦추자고, 아니 취소하자고 졸라봐야 헛일이라는 것을. 어머니는 이미 돌이킬 수 없는 작별인사를 한 것이다. 어린 시절, 말의 힘을 빌려 아이를 세상에 다시 태어나게 한 그녀가 이제 그 아이를 먼 곳으로 내쫓고 있다. 냉정한 몇 마디 말로.

약주

슈말커가家

• 빌헬름 페터 슈말커: 1877년 베를린에서 출생. 의과대학 교수. 1902년 프리데리케 마리아 힝켈(1884년 츠비카우에서 출생)과 결혼. 1945년 사망.
부부는 다섯 자녀를 둔다.

• 로타르 베네딕트: 1904년 5월 3일생. 목사. 1931년 하넬로레 슈토름을 아내로 맞음. 1938년 아내와 두 딸을 데리고 영국으로 이주.

• 파울라 마리아: 1905년 2월 7일생. 같은 해 2월 11일 사망.

• 테아 파울라: 1905년 12월 21일생. 1927년 클레멘스 둥켈탈(1948년 혹은 1949년에 사망)과 결혼. 1950년 9월 사망.

• 프란츠 요한과 게오르크 펠릭스: 1921년 8월 18일 출생. 히틀러 청년단원. 나치 무장친위대에 들어가 여러 전투에 참전함. 1942년 11월 스탈린그라드에서 사흘 간격으로 사망.

단장 8

로타르는 조카에게 둥켈탈이라는 성은 사람들에게 편견을 심어줄 수 있으니 버리는 게 좋겠다고 권한다. 대신 슈말커라는 성을 갖자고, 그러면 이제 아이가 와서 살게 된 외가에 좀더 튼튼히 뿌리를 내리게 되는 셈이라고. 그러면서 이름도 바꿀 것을 제안한다. 예를 들면 풍요와 행복의 개념을 동시에 담은 펠릭스 같은 사랑스러운 이름으로. 아이가 이미 자기 몫의 시련을 감당했으니, 이제는 '행복'을 의미하는 새 이름으로 새 삶을 시작할 때라고.

하지만 이 이름은 아이에게 조금도 새롭거나 유쾌하게 들리지 않는다. 아이는 작은삼촌들에 대해 낱낱이 알고 있는데, 펠릭스라는 이름은 게오르크 외삼촌의 가운데 이름이기도 했다. 행정서류에만 올라 있을 뿐 한 번도 불리지 않았다 해도 마찬가지여서, 이미 슈말커가의 한 사람에게 주어졌던 그 이름에는 우울한 그림자가 드리워 있다. 로타르 외삼촌이 일부러 그러는 게 아니라면 정말로 모르는 것 같아서 아이는 이 사실을 지적해준다. 로타르는 그 말을 못 들은 척하며 결국 조카가 자신에게 맞는 이름을 마음대로 택하게 한다. 프란츠게오르크는 사람들이 부추기는 자기 정체성의 두번째 전복을 일종의 압박으로 여긴다. 그 순간, 여러 이름을 전전하다가 펠리페 고메스 에레라라는 인물의 신분으로 죽은 아버지를 떠올린다. 정말이지 어른들은 이해가 되지 않으며 몹시 성가실 때도 있다고 생각한다. 우울한 마음으로 오래 숙고한 끝에 마침내 누구에게나 통하는 이름, 인류의 첫 이름인 아담을 선택한다. 로타르는 이 선택에 만족한다.

난파한 나치 독일에서 살아남은 이 어린 침입자 앞에서 하넬로레 외숙모는 어떤 감정도 드러내지 않는다. 그곳 독일에서는 마침내 하느님이 찬양을 받고 둥켈탈 부부는 파멸하고 만 터였다. 그녀는 아이가 사건의 전모를 어떻게 파악하고 있는지, 부모에게 얼마만큼 영향을 받았는지 알고 싶어, 달갑지 않은 이 조카를 조심스럽고도 세심하게 살핀다. 그러나 아이에게 대놓고 묻는 일은 삼간다. 클레멘스의 슬픈 종말에 대해서도, 아들이 떠나고 몇 주 뒤에 세상을 떠난 테아의 비참한 죽음에 대해서도 입을 다문다. 그녀는 부모와 나라와 이름을 모두 잃은 이 아이에게 동정과 불신이 뒤섞인 묘한 감정을 느낀다. 곧 열세 살이 되는 소년에게 지금까지 살아온 것과 전혀 다른 환경이나 새로운 신분을 제공한다고 해서 아이에게서 추악한 역사의 오물을 씻어낼 수 있을지, 아이가 겪은 이중의 상喪에서 해방시킬 수 있을지 그녀는 의심한다.

그러나 아담은 하넬로레에게 침묵으로 화답하며 감정을 조금도 드러내지 않는다. 또 최근에 있었던 일들에 대해서도 전혀 언급하지 않는다. 각자가 경계를 늦추지 않는다. 무수한 질문과 묻어둔 말들로 무거워진 마음으로.

그러나 아담은 세월이 흐르면서 점차 슈말커가의 내막을 알아간다. 더 나아가 어머니가 그토록 찬양하고 아버지가 비천할 만큼 헌신적으로 섬긴 독일제국의 숨겨진 얼굴을 발견한다. 진실을 차츰 일깨워준 사람은 로타르다. 아이가 어느 정도로 심각한 무지에 잠겨 있었는지, 그릇된 순진무구함에 안주해 있었는지 로타르는 놀라지 않을 수 없다. 물론 그 이유는 짐작할 수 있다. 하지만 꾸며낸 이야기의 시대는 지나가버렸으며, 원하든 원치 않든 아담은 성장했다. 진실을 직면하는 것이 두려워 유년의 달콤한 무지 속에 언제까지나 피신해 있을 수는 없는 노릇이다.

그리하여 현실이 아이의 목덜미를 움켜잡는다. 조국 땅을 휩쓴 잔인성으로 인해 깊이 상처 입은 이민 가정에서, 이방의 도시에서. 아이의 가족 중 몇몇도 가담했던 잔인성이다. 히틀러의 인질로 붙잡혀 있던 독일을 떠나기로 로타르와 하넬로레가 차츰 결심을 굳히게 된 이유에 대해서도 마침내 아이는 이해하게 된다.

로타르보다 한 살 반이 어린 테아는 아버지가 재직하던 의과대학의 학생인 클레멘스 둥켈탈을 만나기 전까지만 해도 로타르와는 더없이 사이좋은 오누이였다. 성악에 두각을 드러냈던 이 우수한 남학생은 성악과 의학 사이에서 망설이고 있었는데, 낭만적인 성향의 테아는 그런 그를 열렬히 사랑하게 되었다. 무엇보다 클레멘스가 슈말커 교수와 한 가족이 되는 것을 몹시 자랑스러워했다. 1928년은 그에게 특별한 해였다. 저명한 교수의 사위가 되었을 뿐 아니라 히틀러가 이끄는 독일 국가사회주의노동당의 당증을 소지할 수 있게 되었기 때문이다. 보수적이고 유서 깊은 부르주아 가문 출신인 테아의 부모는 빌헬름 황제가 다스리던 제국을 그리워하고 바이마르공화국에 적대적인 사람들이었지만 처음에는 사위의 민족주의적 열성을 너그럽게 봐주었을 뿐 아니라 다소 자랑스럽게 여기기까지 했다. 테아 역시 남편이 주장하고 감행하는 일이라면 뭐든 적극적으로 지지했다. 아직 나이 어린 영웅이었던 쌍둥이, 프란츠와 게오르크는 얼마 안가 이 호전적인 남자에게 순진한 존경심과 열성을 바치게 된다. 남은 건 장남 로타르였는데, 신학과 윤리 문제에 관심이 있던 그는 히틀러가 『나의 투쟁』이라는 저서에 쏟아놓은 야만적인 신조에 적응할 수 없었다. 클레멘스는 그에게 이 책을 강력히 권했지만. 그리하여 매제와의 관계는 급속히 나빠졌으며, 그들 사이에 오가는 대화는 모두 논쟁으로 바뀌었다. 그 모습을 보며 부모는 마음 아파했다. 결국 슈말커가의 맏아들과 맏딸이 어린 시절부터 쌓아온 우애도 끝장나고 만다.

그 와중에 로타르가 비非아리아계 처녀를 약혼녀로 소개하면서 불화의 골은 더욱 깊어졌다. 하넬로레는 보헤미아 출신의 유대인 가정에서 자라나 1898년 베를린에 정착해 개신교로 개종한 여자였다. 1933년에는 나치 정권이 그 나라의 가톨릭과 개신교를 포함한 교회를 억압하면서 적대감이 더욱 격화되었다. 나치 정권은 루터교회가 '독일교회'에 통합되도록 밀어붙였는데, '비아리아계'는 모두 이 교회에서 제외되었다. 그러자 마르틴 니묄러, 오토 디벨리우스, 디트리히 본회퍼 목사 같은 몇몇 영향력 있는 인물들을 중심으로 저항운동이 일어나 '고백교회'가 탄생하며 지하 신학교들이 생겨났다. 1925년 베를린 대학에서 신학을 공부하며 디트리히 본회퍼를 알게 된 로타르는 1934년 1월 나치 반대 진영에 가담해 고백교회를 지지한다. 우상 숭배적인 독일교회가 정권에 종속되어 범죄를 일삼고 있을 때 고백교회야말로 우롱당한 기독교 정신의 진정한 가치를 존중하며 교회의 자유를 보존한 단 하나의 진짜 교회였기 때문이다. 그러나 자신의 이런 행동으로 인해 로타르는 끝내 누이 부부와 결별하게 된다. 클레멘스는 로타르가 자발적으로 가족과 거리를 두자 오히려 안심했다. 말뚝에 매인 당나귀처럼 성서에 집착하는데다 유대인 여자와 결혼까지 한 이 불온한 처남이 그에게는 눈엣가시였기 때문이다.

저마다 제 갈 길로 갔다. 클레멘스와 테아는 정복자 독일제국의 우렁찬 노랫소리에 맞춰 환한 대낮에 걸었고, 로타르와 하넬로레는 용기만으로 버티기에는 턱없이 수가 부족한 지하 전사들의 저항 조직에 가담해 비밀 활동을 했다. 영광에 찬 약속에 취하거나 야만적인 정권에 얌전히 순종하는 편을 택한 군중은 타락한 현 체제를 대대적으로 지지했다.

1937년에는 나치의 탄압이 더욱 심해져 반대자들의 체포가 감행됐다. 마르틴 니묄러 목사도 그중 한 명으로 수감되었다가 약식재판을 받고 작센하우젠 수용소와 다하우 수용소로 연이어 보내졌다. 고백교회가 비밀리에 운영하던 신학교들도 모두 문을 닫았다. 히틀러가 자행한 범죄의 심각성을 미처 깨닫지 못하고 사 년 전 나치 정부와 협약을 체결한 가톨릭교회도 그해에 회칙 「크나큰 염려로」*를 공표했다. 그러나 총통은 고결한 분노를 담은 이 선포를 무시한 채 자신의 노선을 그대로 밀고 나갔으며,

포악한 신들의 제단을 향한 자신의 행진에 방해가 되는 것은 모두 짓밟아버렸다.

1938년 봄, 결국 로타르는 이주를 결심한다. 반대파로서 일체의 목회와 교회 활동이 금지된 상황에 위협을 느끼던 그는 아내는 물론 다섯 살과 세 살인 두 딸의 미래를 걱정하지 않을 수 없었다. 그렇게 떠나면서, 클레멘스가 프란츠와 게오르크에게 해로운 영향력을 마음껏 행사하도록 방치하게 되었다는 사실을 통감했지만. 빌헬름 슈말커 내외는 이미 오래전에 환상에서 깨어나 있었다. 처음에는 이 체제의 도래를 다소 흡족한 마음으로 바라보았지만 얼마 안 가 끔찍한 거짓과 광기와 야만성을 목격하며 당황했다. 그래서 두 막내아들에게 어떻게든 경각심을 심어주려 애썼지만 소용이 없었다. 이미 늙은 그들은 자식들에게 더 이상 권위를 행사할 수 없었다. 쌍둥이 아들들은 히틀러를 신으로 여겼고 클레멘스를 본보기로 삼으며 전쟁을 소명으로 아는 광신자가 되어 있었다.

전쟁 혹은 범죄에 대한 그들의 도취는 성직의 반열에 올라 있었다. 프란츠와 게오르크는 젊은 십자군의 믿음으로 나치 무장

* 1937년 교황 비오 11세가 발표한 반(反)나치 회칙.

친위대에 입단했다. 그리고 붉은 피로 번득이는 이 믿음의 이름으로 아무 생각 없이 죽이고, 불지르고, 학살을 일삼았다. 그렇게 프란츠는 광포한 열정이 절정에 달한 상태로 전장에서 죽음을 맞았다. 그러나 게오르크는 이 운명의 순간에 갑작스레 믿음을 잃었다. 형의 으스러진 얼굴을 마주했을 때 돌연 자신들이 신봉했던 전쟁이라는 여신의 진짜 얼굴을 보고 만 것이다. 처참하게 찢겨나간 고깃덩어리, 그것이었다. 죽음의 혈기 왕성한 심복이었던 그가 자주 보아온 모습, 그 앞에서 별다른 느낌을 갖지 못했던 모습이었지만. 아직 살아 있건 살해당했건, 희생자들은 얼굴 없는 자들이었다. 전선에서 죽임을 당한 동료들을 보면서도 그렇게까지 큰 충격을 받지는 않았다. 그에게는 오로지 쌍둥이 형 프란츠밖에 없었다. 프란츠야말로 그의 분신이자 제2의 몸, 마음의 메아리였다. 프란츠만이 그의 눈을 뜨게 할 수 있었다. 그런데 '새로운 인간'이라는 가면이 벗겨져나가면서 형이 죽음을 면할 수 없는 인간의 처량한 맨얼굴을 드러낸 것이다. 그것이 전쟁이었다. 그게 전부였다. 오직 그것이었다.

게오르크의 마음속에 근본적인 방향의 전환이 일어났다. 그의 당이 신봉하는 초인에 대한 믿음이 졸지에 부질없는 것이 되어 사라져버렸다. 그와 동시에 부족하고 상처받기 쉬운 인간, 있는 그대로의 인간, 그 인간 자체에 대한 믿음이 대신 들어섰다. 그는 무기를 버리고 전쟁에 다시 참전하기를 거부했는데, 이 거부가 변절로 받아들여져 재판을 받게 된다. 결국 병사 게오르크 펠릭스 슈말커는 계급을 박탈당한 뒤 사형선고를 받고 곧 처형당한다.

사건의 전모를 알게 된 클레멘스는 이 수치스러운 말로에 대한 소문이 새어나가지 않도록 애썼다. 이미 오래전부터 프리데리케에게서 어머니의 역할을 가로채어 쌍둥이 동생들에게 극진한 애정을 쏟아온 테아가 이 사실을 알아서는 안 되었다. 무엇보다 자신의 이력에 누가 되어서는 안 되었다. 그러나 가족들도 결국 이 비밀을 소문으로 들어 알게 되었고, 부모는 낙담하는 한편으로 일말의 위안을 느꼈다. 하지만 테아는 사실을 부정했으며 두 동생이 살아생전 늘 함께했듯 영웅적인 죽음도 함께 맞았다고 치부해버렸다.

로타르는 나치 정권이 무너지자마자 독일에 있는 부모 곁으로 돌아가 조국과 무엇보다 루터교의 재건에 일조하기로 마음먹었다. 그러나 부모는 연합군의 승리를 불러온 폭격으로 사망하고 많은 친구들도 사라져버린 뒤였다. 디트리히 본회퍼 역시 이 년여의 수감 생활 끝에 마지막으로 이송된 플로센부르크 수용소에서 1945년 4월 9일 교수형에 처해졌다. 그의 화장당한 육신은 한 줌의 재가 되어 바람에 흩어졌다.

독일제국의 바람은 너무도 많은 인간의 재를 싣고 이 파괴된 국가를 엄청난 무게로 짓눌러왔다. 그것은 악취 나는 덮개처럼 하늘을 가리고 땅을 질식시켰다. 무너진 독일제국의 하늘에는 눈에 보이지는 않아도 기름기에 절어 촉지되는 그런 거대한 묘지가 펼쳐져 있었다. 가히 유골함이라 할 만한 이 하늘에는 슈토름에서 태어난 하넬로레 슈말커의 식구들 모두가 떠다녔다. 하넬로레는 더이상 이 나라를 조국으로 여길 수 없었으며, 따라서 그곳으로 되돌아간다는 생각도 할 수 없었다. 그녀는 불타버린 육신과 위로받지 못한 눈물, 절대 위로받을 수 없는 이 눈물의 관뚜껑 아래 살려 하지 않았다.

속창

"유대인과 공산주의자들 편에 서서 외치는 자만이 그레고리안 성가를 부를 자격이 있다."

—디트리히 본회퍼

죽음의 푸가

새벽의 검은 우유 우리는 그걸 저녁에 마신다
정오와 아침에 마시고 밤에 마신다
우리는 마시고 또 마신다
우리는 공중에 무덤을 판다 그곳은 몸을 눕히기에 비좁지 않다
한 남자가 집에서 뱀들과 놀며 글을 쓴다
독일에 어둠이 내리면 그는 쓴다 마르가레테 네 금빛 머리카락이여

그렇게 글을 쓰고 그는 문간으로 간다 별들이 반짝인다 그는 휘파람으로 자신의 사냥개들을 불러모은다

그는 휘파람으로 자신의 유대인들을 불러 땅에 무덤을 파게 한다

그는 우리에게 무곡을 연주하라고 명령한다

……

그는 외친다 죽음을 더 달콤하게 연주해라 죽음은 독일에서 온 거장

그는 외친다 바이올린을 더 어둡게 켜라 그러면 너희는 연기가 되어 공중으로 올라갈 것이다

그러면 너희는 구름 속에 무덤을 갖게 될 것이다 그곳은 몸을 눕히기에 비좁지 않다

……

죽음은 독일에서 온 거장

마르가레테 네 금빛 머리카락이여

줄라미트 네 잿빛 머리카락이여

파울 첼란, 「죽음의 푸가」

단장 9

아담은 가족사와 관련된 퍼즐의 일부를 맞추었다. 그것은 어머니가 그에게 보여주던 낭만파 화가들의 그림보다는 오토 딕스나 조지 그로스, 에드바르드 뭉크의 그림과 훨씬 닮았다. 그러나 이 퍼즐은 여전히 매우 불완전한 모습으로 남아 있으며 유아기 쪽은 구멍이 뻥 뚫려 있다. 그가 이 구멍을 메우는 데 로타르도 도움을 줄 수 없다. 그가 태어나던 해에 외삼촌은 독일을 떠났기 때문이다.

그는 영어를 빠르게 습득하지만 영어에서는 스페인어가 주는 감동을 느끼지 못한다. 그는 이 두 언어를 함께 배운다. 하나는 실용적인 필요성에서, 다른 하나는 내면의 필요성에서. 그는 스페인어를 습득하는 데 마술적이고도 엉뚱한 목적을 부여한다. 일명 펠리페 고메스 에레라라고 자칭했던 인물의 언어를 완전히 숙달해 이 살인자의 유령을 지배하겠다는 생각이다. 그의 범죄 행위는 처벌받지 않은 채로 남아 있으며, 이 사실은 그의 내면에 여전히 혐오스러운 매력을 행사한다. 그는 기만당하고 버림받은 아들이며, 무엇보다 이 부자 관계로 인해 견딜 수 없을 만큼 더럽혀진 아들이다. 자살자의 시신 가까이에서 그가 이 언어 속에 만들려는 것은 무덤이 아니다. 그는 이 사내를 영원히 가두어둘 성채를 짓고 싶다. 요컨대 투혼을 불살라 정복한 단어들 속에, 이 아버지를 마치 산酸에 녹이듯 용해시켜버리기를 바란다.

하지만 그 자신의 마음속 변화무쌍한 지형 어디에 어머니를 두어야 할지는 알 수 없다. 어머니를 생각하면 애정과 원한과 분노와 연민의 소용돌이에 휩싸이곤 한다. 그는 어머니를 자주 생각한다. 너무 자주 생각한 나머지, 다시는 어머니를 보지 않겠노라 결심할 수가 없다.

이별 전날 그에게 말했듯이, 어머니는 그 낡은 곰인형을 그의 가방 속에 넣기 전에 단장을 시켰다. 사실은 교묘한 수선에 가까운 단장이었다. 부드럽게 빛나던 황금색 미나리아재비 눈은 두 발 위로 옮기고, 그 대신 무색의 반짝이는 작은 크리스털 장미 두 송이를 달아두었다. 놀라움과 망설임의 순간이 지난 뒤 아담은 투명한 빛을 발하는 이 장미가 실은 귀걸이라는 것을 알아챘다. 과거에 황야 근처의 집에서 근사한 만찬과 음악이 있는 야회가 열릴 때면 테아가 달곤 하던 귀걸이였다. 어린 소년이었던 그는 어머니의 귀에서 붉게 타오르며 그녀의 얼굴과 금발을 천체의 후광으로 에워싸던 광채, 달처럼 빛나는 이 광채 앞에서 놀라움을 금치 못했다. 도주할 당시 그녀는 수중의 많은 보석과 함께 이 귀걸이도 유사시에 돈을 마련할 생각으로 챙겼다. 하지만 유사시라는 것이 연달아 닥친 까닭에 보석을 모두 팔아 없앤 듯한데, 그래도 이 다이아몬드 귀걸이만은 남겨둔 것이다. 바로 그 귀걸이가 이제 마그누스의 얼굴에서 반짝이고 있었다. 탈색된 눈, 무엇보다 모든 꿈을 상실한 듯 튀어나온 겹눈이었다. 눈이 멀고 보는 이의 눈마저 멀게 하는, 괴물 같은 파리의 눈이었다.

별안간 아담은 이 두 눈을 뽑아버리고 싶은 충동을 느꼈다. 곰인형의 얼굴을 추하게 만든, 기분 나쁜 다이아몬드였다. 그러나 충동을 행동에 옮기려는 순간 양손을 떨어뜨렸다. 마치 어머니에게 폭력을 휘두르는 듯한, 어머니의 안구를 도려내는 듯한 기분이었기 때문이다. 그는 곰인형의 목에서 마그누스라는 이름이 수놓인 손수건을 끌러 인형의 눈을 가렸다. 그러다 마그누스의 발에 우스꽝스럽게 꿰매인 금단추에 눈이 갔는데, 그것 또한 귀걸이라는 사실을 곧 알아챘다. 금과 구리 합금인, 훨씬 소박한 보석이었다. 클레멘스와 결혼하기 전 처녀 시절에 이 귀걸이를 하고 다녔던 걸까? 남편이 수용소에서 살해당한 여자들에게서 가로채어 가져다준 보석들을 소유하기 전.

그는 마그누스를 헝겊으로 싸서 자신의 방 벽장 깊숙이 숨겨두었다.

그의 영어 실력이 정규 수업을 쫓아갈 수 있을 만큼 좋아지자 외삼촌은 그를 중학교에 입학시켜 기숙사로 들여보냈다. 그래서 그는 대부분의 시간을 슈말커가 사람들과 떨어져 지내게 되며, 그보다 다섯 살과 세 살 위인 사촌 에리카와 엘제와의 관계도 서먹서먹해진다. 그는 두 사촌 중 장난기 어린 매력이 넘치는 엘제가 더 좋다. 자그마한 체구의 이 갈색 머리 사촌에게는 환심을 사려고 치근대는 남자애들이 이미 수두룩하다. 한편 에리카는 그에게 억누르기 힘든 복잡한 감정을 불러일으킨다. 테아와 너무도 닮았기 때문이다. 에리카는 어머니 대신 고모에게서 금발과 뚜렷한 이목구비, 목소리 억양까지 물려받은 것 같다. 과묵한 성격과 진중한 눈길, 다정한 태도는 하넬로레를 닮았지만. 어쨌거나 이런 이중의 유사성은 그녀가 약혼자를 선택한 방식에까지 적용된다. 런던으로 이주한 독일인 공동체에 속해 있던 이 젊은이는 예비 장인처럼 목회자가 될 운명이었지만—의학도였던 클레멘스 둥켈탈이 슈말커 교수의 행적을 따랐듯이—얼마 안 가 전혀 다른 길로 접어들어 길을 잃고 헤매다가 진창에 빠지고 만다.

엘제의 여자 친구들은 하나같이 아담의 호기심을 자극하는데, 그중 한 명이 특히 눈길을 끈다. 페기 벨이라는 등황색 곱슬머리

소녀다. 성격이 변덕스러운 이 소녀에게 유독 끌리는 것은 별것 아닌 묘한 신체적 특징 때문이다. 예를 들면 광대뼈와 들창코에 흩어져 있는—그녀 자신은 부끄럽게 여기는—주근깨라든지, 웃을 때 왼뺨에 패는 보조개가 그렇다. 그런가 하면 눈에 띄지 않는 교태가 그녀의 담녹색 눈에 무언가에 끊임없이 놀라는 듯한 기색을 부여했으며, 손과 발은 어린 소녀처럼 작고 통통하다.

하지만 소녀는 열일곱 살이며 빈틈없이 영악하다. 어느 여름날 오후, 슈말커가를 방문한 그녀는 잠시 아담과 단둘이 거실에 남게 된다. 그런데 갑자기 그녀가 앉아 있던 의자에서 일어나 그의 앞을 가로막고 서더니, 욕망의 혼돈에 사로잡혀 서투르기 그지없는 열다섯 살 소년에게 불쑥 묻는다.

"내가 예쁘니? 네가 보는 그대로 솔직히 말해봐. 내가 예뻐? 아니야?"

그는 목이 잠겨 아무 말도 못한다. 그녀는 기분이 상한 듯한 표정을 짓는다. 순간 그는 칭찬의 말을 찾지 못한 채, 아니 한마디 말은커녕 웃음도 짓지 못한 채, 그녀의 팔을 잡고 입술에 입을 맞춘다. 따스한 입술과 그의 가슴에 와 닿는 보드라운 젖가슴, 포동포동하고 싱싱한 몸. 난데없이 그의 안에서 격정이 솟구친다. 그 옛날 콘스탄체 호숫가에서 뇌우가 몰아칠 때 하늘과 땅이 동시에 작열하는 모습을 보며 느꼈던 엄청난 희열, 놀라움과 흡사한 감정이다. 그의 입맞춤과 포옹 역시 그날 보았던 거대한 번개처럼 눈 깜짝할 사이에 일어난 일이며, 그 효과 또한 아주 강렬하다. 결국 그는 끌어당길 때와 마찬가지로 거칠게 페기를 밀쳐내고 어리둥절해 있는 페기를 남겨둔 채 수치심으로 얼굴이 빨개져 거실에서 뛰쳐나온다.

이 도둑 키스를 한 뒤로 수개월 동안 그는 연달아 수없이 많은 꿈을 꾼다. 아랫배가 우윳빛 액체로 흥건히 젖은 채 한밤중에 놀라 잠에서 깨어나곤 한다. 꿈을 꿀 때마다 어김없이 페기 벨이 자신에게 다가오는 모습을 본다. 때로는 웃는 얼굴로, 때로는 화난 얼굴로. 그녀가 제 치마를 갖고 장난을 치는데, 그때마다 치마 주름이 흔들리거나 움푹 꺼지거나 뒤틀리거나 빳빳한 모양새로 얌전히 떨어졌다가는 전보다 더 사뿐히 들리며 꼬여든다. 이런 놀이가 꽤 오래 이어지는가 싶으면 페기가 불쑥 치맛단을 쳐든다. 높이 쳐들린 치맛단 밑으로 무릎과 허벅지와 배가 드러난다. 팬티를 입지 않은 새하얀 맨살에 작고 붉은 해가 떠서 햇살이 일렁인다. 해가 때로는 제자리에서 맴돌고, 때로는 오렌지색 엉겅퀴나 밤송이로 변한다. 이 밤송이 속에는 대체 무엇이 들어 있는 걸까?

에리카가 결혼을 하고, 이듬해에는 엘제, 그리고 페기 벨의 차

레가 된다. 아담이 아닌 다른 사람, 티모시 매클레인이라는 자가 페기 몸의 비밀을 알 권리를 가로챈다. 그 아닌 다른 누군가가 그녀의 배와 젖가슴, 그리고 허벅지 사이에서 타오르는 작고 붉은 해를 훔칠 것이다. 그 아닌 다른 누군가가. 노상강도가.

페기의 결혼식 날 밤, 자신의 꿈을 강탈당했음을 알게 된 아담은 분노와 원한의 충동질에 이끌려 이제까지 감히 시도해보지 못한 일, 시도할 수 없다고 여겼던 일을 실행에 옮긴다. 그렇게 그는 매춘부에게 접근한다. 그리하여 페기가 어딘가 신혼 방에서 흰 드레스를 벗고 남편에게 처녀의 몸을 바칠 채비를 하는 동안 아담은 한 갈보집 방에서 염색 머리의 낯선 여자가 판에 박힌 몸짓으로 옷을 벗어 그의 앞에 드러내 보이는 이미 시든 몸을 지켜본다. 여자가 침대에 누워 두 다리를 벌린다. 그렇게 해서 그는 동정을 잃고, 비단처럼 부드럽게 타오르는 해의 꿈도 끝이 난다. 그렇게 그의 거짓된 순진함과도, 천진난만한 일련의 이미지들과도 작별을 고한다. 그렇다고 강렬한 욕구와도 끝장을 본 것은 아니어서, 오히려 이 욕구는 더욱 왕성한 힘을 얻어 새롭게 솟구친다.

매년 휴가철마다 그가 다시 찾는 슈말커가의 집은 이제 텅 빈 듯하며, 소녀들의 향내와 웃음소리가 사라진 뒤로 무미건조한 기운만 감돈다. 에리카가 딸을 데리고 친정집을 찾아올 때면 여자 아기의 울음소리가 들린다. 에리카의 딸 미리암이 우는 소리다. 미리암은 아담이 난생처음 보는 갓난아이이다. 어린 시절 아담은 피란길에서 수많은 시신을 목격했지만 갓난아이는 본 적이 한 번도 없으므로 이 모습이 아담으로서는 놀랍기만 하다. 갈색 머리카락이 머리에 착 달라붙은 미리암은 양서류처럼 불룩 튀어나온 두 눈을 꼭 감고 있는 작은 존재다. 자그마한 두 주먹은 꽉 쥐고 있고, 탐욕스러운 입에서는 우유와 칭얼거림이 흘러나온다. 아담은 아기를 감히 품에 안지 못한다. 아기의 연약한 모습이 겁나고, 아기한테서 나는 냄새가 불쾌하며, 아기의 우는 소리가 거슬린다. 그러나 아기가 요람 속에 잠들어 있을 때면 몸을 수그리고 한참 동안 바라본다. 풋풋함과 섬세함과 부드러움이 뒤섞인 이 오묘한 존재 앞에서 그는 동요를 느낀다. 배가 고프거나 무언가가 불만스러울 때면 그 작은 얼굴은 두꺼비처럼 흉하고 비장한 표정으로 경련을 일으킨다. 노인의 축소판 같은 창백하고 반들반들한 피부의 얼굴. 얼굴이 아직 형성되지 않은 이 아기의 사고에는 너무도 방대한 선조들의 지혜가 집약되어 있다. 자신 또한 이 아기와 흡사했다고 그는 생각한다. 태곳적 지식으로 가득한 진줏빛 늙은 현자와 흡사했다고. 어머니의 품이 전해주는 부드러움과 그 젖가슴에서 느껴지는 충만함에, 어머니의 시선에서 반짝이는 빛에 전율했던 아이. 지금은 죽고 없는 어머니의 젖을 먹고, 그 미소와 다정한 말과 손길과 체취를 들이마셨던 아이. 그 아이가 자신이었다. 그것들이 모조리 사라져버렸을 수는 없다고, 이 최초의 사랑은 자신의 몸속 깊은 곳 어딘가에서 졸고 있을 거라고 그는 짐작한다. 먼 옛날 이 젖이 자신을 키웠고, 이 미소가 자신을 달랬으며, 이 흥얼대는 소리가 자신을 세상에 눈뜨게 했다고. 이 애무를 받으며 그는 자기 몸에 눈떴고, 어머니의 눈빛을 보며 삶의 아름다움에 눈뜬 것이다. 언젠가, 다가오는 시간의 모퉁이에서, 마음의 밤 속에 잠들어 있는 이 사랑이 새벽 같은 그의 얼굴을 아마도 들어올릴지 모른다. 이 미친 어머니가 교만과 비극적인 어리석음으로 평생토록 공모자 노릇을 했던 그 모든 범죄를 그가 용서할 수 있도록 도와줄지 모른다. 아마도.

그는 이 '아마도'의 언저리에서 숨을 죽인다. 요람에 몸을 사리고 누운 갓난아이 앞에서, 너무도 작고 연약하지만 오만하고 당당한, 수수께끼 같은 이 몸 앞에서. 세상과 우주에 새겨진 온갖 기억이 자신의 핏속에서 여전히 속살대는 소리에, 그 웅성거림에 귀기울이고 있는 몸이다.

하넬로레는 늘 그렇듯 상냥하면서도 냉정한 태도로 그와 함께 있다. 로타르는 보호자로서 무엇보다 조카가 도덕적으로나 종교적으로 손색이 없는 교육을 받도록 신경쓴다. 그러나 감성 교육은 전혀 이루어지지 않는다. 뒤섞인 감정 속에서 그는 자신이 무엇을 좋아하고 원하는지, 어떻게 사랑해야 하는지 알지 못한다. 이따금 사정이 허락하는 대로 매춘부를 찾지만 가슴속에서 들려오는 것은 텅 빈 울림이다.

그렇다. 슈말커 부부는 후견인으로서 그에게 어떻게든 최상의 교육을 제공하려고 애쓴다. 아담도 그것을 분명히 느낀다. 하지만 그는 외삼촌 집에서 곁가지에 불과한 존재이자, 이민자 가정에 사는 이중의 망명자다. 그는 이 집 아들이 아니며, 결코 아들이 될 수 없을 터였다. 그렇게 여전히 그는 비겁자인 동시에 사형집행인이었던 남자와 어리석고 허영심 많은 공모자인 여자에게서 태어난 자식이다. 혐오스러운 부모를 뇌리에서 떨쳐낼 수 없는 그는 자신에 대한 격렬한 반감에 사로잡힌다. 그가 천진난만한 사랑을 바쳤던 부모가 이제 죄인으로 드러났건만, 부모에게 해명을 요구할 수조차 없게 된 것이다. 그의 내면을 질식시키는 원한은 사춘기를 막 벗어난 그에게 거칠고 무뚝뚝한 성격을 부여한다.

프리드리히스하펜에서 가난한 어린 시절을 보낸 발육 부진의 아이는 이제 중키에 딱 벌어진 어깨, 투박한 얼굴, 구릿빛 광택

이 도는 호두 껍데기 색 피부를 한 열여덟 살 청년이 된다. 그 옛날 귀여운 컬이 졌던 머리털은 색이 짙어지고 더부룩해졌으며, 넓은 이마는 튀어나오고, 짙은 두 눈썹은 휘어져 가파른 곡선을 그린다. 어두운 눈구멍 속에 박힌 금갈색 눈은 어쩐지 멍해 보인다. 도드라진 광대뼈에 납작코, 윗부분이 살짝 튀어나온 두툼한 입술, 각이 진 턱…… 그의 모습에서는 젊은 시절의 예쁘장한 어머니도, 당당한 풍채의 아버지도 전혀 찾아볼 수 없다. 대신 곰과 숫양을 닮은 무언가가 깃들어 있다.

야주

곰: 덩치 큰 야수들이 모두 그렇듯 곰 역시 지하(달과 밤)의 무의식 세계를 상징하며, 어머니인 대지의 내적 풍경에 속한다.

여러 민족이 곰을 자신들의 조상으로 여기며, 얼마 전까지만 해도 시베리아에는 곰의 묘지가 존재했다.

시베리아의 야쿠트족은 곰이 '모든 것을 듣고 기억하며 하나도 잊지 않는다'고 여긴다. 알타이의 타타르족은 곰이 '땅을 매개로 듣는다'고 믿으며, 소요트족은 '땅은 곰의 귀'라고 말한다.

유럽인들은 곰의 신비한 숨결이 동굴에서 발산된다고 생각한다. 이렇게 곰은 어둠과 암흑을 상징하며, 연금술에서는 물질의 원래 상태가 지니는 검은색과 상응한다. 어둠과 비가시적인 세계가 금기와 관련된다고 볼 때 곰의 선구자적인 역할은 더욱 두드러진다.

숫양: 숫양은 출현의 첫 순간 폭발하듯 번쩍이며 솟구치는 불같은 동물적인 힘의 우주적 상징이다. 창조적인 동시에 파괴적

이며, 맹목적이고 반항적이며, 혼돈스럽고 장황하며, 너그럽고 숭고한, 그런 불이다. 하나의 중심점에서 사방으로 퍼져나가는 불이다. 이 타오르는 힘은 원시적 생명력의 용출이나 삶의 원초적 도약과 동일시된다. 그 초기 과정에는 거칠고 순수한 충동과 제어할 수 없는 강렬한 발산, 엄청난 열광, 타는 듯한 숨결이 깃들어 있다.

J. 슈발리에, A. 게르브랑트
『상징 사전』

단장 10

그는 언어를 아주 쉽게 습득할 뿐 아니라 왠지 모를 한결같은 열정을 스페인어에 바치고 있었으므로 로망어*를 전공으로 택한다. 대학에서는 스페인어와 함께 포르투갈어와 프랑스어도 공부한다. 실제로 그는 기억력이 특출하다. 어린 시절의 기억을 전부 잃게 되지나 않을까 하는 두려움에 여섯 살 적부터 기억력을 조심스레 훈련한 덕택이다. 새롭게 읽거나 듣는 단어는 죄다 그 자리에서 머릿속에 각인해둔다. 눈에 보이는 것 또한 마찬가지다. 그러나 학업에 장점으로 작용하는 이 특출한 기억력이 다른 한편으로는 짐이 된다. 그의 기억력은 쉴새없이 작동해 사소한 것까지 모두 머릿속에 입력하며 무엇 하나 놓치는 법이 없다. 기억은 밤에도 그를 괴롭히며 넘쳐나는 또렷한 이미지와 말들을 꿈속에 결집시킨다. 그것들이 너무도 생생해 그는 소스라치듯 놀

* 라틴어가 분화해 형성된 언어를 통틀어 이르는 말. 포르투갈어, 프랑스어, 스페인어, 이탈리아어 등이 이에 속한다.

라 잠에서 깨어나곤 한다. 그렇게 그는 시간이 갈가리 찢기는 느낌을 받는다. 과거와 현재가 충돌하고 한데 얽히며 사건들의 순서를 뒤집어엎는다. 그의 안에는 여섯 살 이후 삶의 매 순간이 견딜 수 없을 만큼 생생하고 온전하게 공존한다. 그러므로 부모를 머릿속에서 떨쳐내고 그들과 거리를 유지한다는 것은 그에게는 불가능한 일이다. 그들의 거짓과 광기, 범죄에 대해서도 마찬가지다. 그들이 저지른 악이 그를 치욕과 고통과 분노로 차오르게 하며, 육신을 창백하게 하고, 그의 젊음을 속박한다. 악이 그의 마음을 포로로 붙잡아두고, 죽은 두 약탈자의 인질로 남게 한다. 이미 죽은 그들이 그렇게 영원히 벌받지 않은 채로 머무르며 그에게 끊임없이 해를 가할 수 있게 된 것이다. 저세상에 심판이 있는지 없는지는 그가 관여할 바 아니다. 지금 여기서, 세상과 마주하고서, 모욕당한 아들은 부모에게, 특히 아버지에게 대가를 치르라 하고 싶다.

3학년을 마친 뒤 그는 멕시코로 5주 예정의 여행을 떠난다. 영국에 와 살기 시작한 뒤로 첫 여행이며, 유럽 밖으로의 첫 탈출이기도 하다. 그는 혼자 여행을 떠난다. 이제껏 책으로만 알고 있던, 강렬한 욕구로 자신을 들쑤셔댔던 나라와 언어를 직접 만나러 가는 것이다.

이 나라에 발을 내딛자 마치 수년 동안 목소리만 들어온 사람을 마침내 실제로 만나게 된 느낌이다. 펠리페 고메스 에레라라 불리던 남자의 무덤인 이 언어의 거칠고 경이로우며 거대한 몸을 발견한다. 그렇게 멕시코에서 열흘을 보낸 뒤 그는 베라크루스 주로 떠난다. 자신이 정확히 무엇을 찾으러 그곳에 가는지 모르는 채. 아버지가 어디에 영면해 있는지, 그 시신이 매장되었는지 화장되었는지도 모른다. 이 도망자의 마지막 순간에 대해 들려줄 사람도 없다. 어머니는 아무 설명도 보태지 않고 남편 클레멘스 둥켈탈이 자살했다는 단순한 사실만 그에게 일러주었을 뿐이다. 그후 그녀는 절망에 갇힌 채 고독에 짓눌려 서서히 죽어갔다. 그는 우선 베라크루스 시를 이리저리 돌아다니며 근교 지역과 항구와 해안 건설 현장을 돌아본다. 이따금 보도 한복판에 멈춰 서서 집들의 정면을 살피며 혹시 아버지가 거기 살았거나 숨어 있지 않았을까 생각해보고, 부두를 따라 걷다 배들을 바라보면서 어쩌면 그중 하나가 옛날에 그 도망자를 싣고 왔을지 모른다고 상상해본다. 항구에서 기름기가 번질거리는 시커먼 물을 마주하고서는, 기력도 다하고 돈도 떨어진 그 비겁한 인간은 법정에 서는 대신 차라리 이 바닷물에 몸을 던지는 편을 택한 것이라고도 상상해본다. 이렇게 그는 날마다 온갖 가정을 헤집어보지만 그 어느 것도 가슴속에 담아두지는 않는다.

어느 날 밤, 그는 여느 때처럼 한길을 천천히 걷다가 앞서 걸어가는 한 여자에게 시선이 멈춘다. 숱 많은 검은 머리를 길게 땋아내린 여자의 걸음걸이가 단호한데 각선미가 몹시 아름답다. 그는 잠시 생각을 멈추고 그녀의 뒤를 쫓는다. 무용수 같기도 한 그 형체를 바라보는 단 하나의 기쁨을 위해.

여자는 보도에서 벗어나 길을 건너려 한다. 그런데 여자가 차도로 내려서기 무섭게 그녀가 미처 보지 못한 차 한 대가 그녀 쪽으로 쏜살같이 달려온다. 그 순간 아담이 달려들어 아슬아슬하게 그녀의 팔을 낚아채 잡아당긴다. 하마터면 사고가 날 뻔했던 것도 모르는 엉터리 운전사는 곧장 내달려 시야에서 사라진다. 여자는 차 소리에 놀라 얼이 빠진 모습이다. 아담은 가쁜 숨을 몰아쉰다.

여자가 강한 미국식 억양의 영어로 말한다.

"고마워요, 제 생명을 구해주신 것 같네요……"

그러고는 정신을 가다듬더니 같은 말을 스페인어로 더듬거리며 되풀이한다.

메리 글리너스톤즈라는 이름의 이 아름다운 여자는 샌프란시스코에서 왔으며, 사업차 베라크루스에 온 남편과 함께 그곳에서 며칠을 보내게 된 참이었다. 남편을 만나러 머무는 호텔로 가는 길이었던 그녀는 아담을 남편 테런스에게 꼭 소개하고 싶다며 저녁식사에 초대한다.

글리너스톤즈 부부는 그보다 연상이다. 애칭으로 메이라 불리는 메리는 서른 살쯤 되었고, 남편은 마흔 가까운 나이다. 남자의 짙은 밤색 머리는 관자놀이께가 하얗게 셌는데, 구불거리는 작은 날개 모양의 이 부분이 반듯하지 않은 이목구비에 부드러움을 더해준다. 저녁식사를 하는 동안 아담은 테런스가 매우 섬세한 관찰력의 소유자임을 간파하고, 방만하고 유머러스한 외관 뒤에서 실은 상대방의 말을 몹시 조심스럽게 경청하고 있음을 알아챈다. 그런가 하면 메리에게서는 냉혹함과 열정, 조바심과 열의, 자만심과 냉소가 뒤섞인 복합적인 성격을 발견한다. 검은 눈에 곧은 코, 사이가 뜬 널찍한 양 뺨의 광대뼈…… 그녀의 얼굴은 마치 황토색 나무 가면처럼 순수한 느낌을 준다. 피부색과 이목구비는 오마하족 인디언인 할머니에게서 물려받은 것이 틀림없다. 할머니의 피가 삼대를 거치는 동안 헝가리와 스코틀랜드와 우크라이나인의 다른 피들을 당당하게 누르고 보란듯이 그 형질을 드러내게 된 거라고 그녀는 말한다.

아담은 자신보다 훨씬 성숙한 이 부부에게 몹시 강한 인상을 받아, 말을 하기보다는 그들의 말에 귀를 기울인다. 그들은 아담 자신과는 전혀 다른 세계에서 사는 사람들이다. 돈, 여행, 인간관계, 대화의 기술 등 모든 것이 여유로워 보이는 개방적이고도 유동적인 세계에서. 두 사람은 강한 유대감으로 묶여 있음을 그는 직감한다. 그런데 사랑보다는 우정에 가까운 관계여서인지 둘 사이에는 솔직하고도 너그러운 분위기가 감돈다. 아담은 그들과 함께 있는 것이 즐겁다. 그리고 난생처음 신뢰감을 경험한다. 하지만 자신이 베라크루스에 온 진짜 목적이나 독일에서 보낸 유년기에 대해서는 입을 다문다. 그곳에서 방학을 보내고 있는 영국 학생으로 자신을 소개하며 가족과 관련된 질문은 모두 피해 간다.

저녁식사가 끝나갈 무렵 메이는 핸드백을 뒤지더니 종이봉투에 든 책 한 권을 꺼내며 말한다.

"이삼 년 전에 출간된 멕시코 작가의 소설인데, 굉장한 책이라고 들었어요. 오늘 산 건데 내 스페인어 수준이 그쪽보다 훨씬 떨어져서요. 이 책을 드리고 싶어요. 다 읽으면 말해줘요. 사람들 말대로 정말 원서로 읽는 노력을 기울일 만한 가치가 있는 책인지."

이 재회의 구실을 거들 속셈으로 테런스도 자신의 명함 뒤에 그들이 묵는 호텔 연락처를 적어 책 봉투 속에 밀어넣는다.

자신의 방으로 돌아온 아담은 책을 편다. 후안 룰포의 『페드로 파라모』라는 책이다. 이미 밤이 깊은데다 지쳐 있던 그는 책장을 들척이다 우연히 눈에 띄는 글귀들을 읽는 것으로 만족한다. 하지만 후안 룰포의 이 소설은 대충 건너뛰며 읽어도 되는 그런 소설이 아니다. 그것은 아담의 내면에서 졸고 있던 주의력을 덮쳐오며 눈을 뜨게 한다. 그는 한 번도 본 적 없는 아버지의 흔적을 찾아 떠나는 후안 프레시아도라는 인물의 행적을 단숨에 읽어나간다. 주인공의 아버지 페드로 파라모는 코말라라는 마을을 다스린, 야심과 권력욕에 사로잡힌 하찮은 독재자로 그려진다. 코말라는 시간과 삶 밖으로 밀려나 잊힌, 죽음의 태양 아래 하얗게 달궈진 마을에 불과하다. "그곳은 땅의 잉걸불이요 지옥의 아가리 그 자체라는 것을." 실제로 코말라에는 온통 죽음뿐이다. 후안 룰포의 이 이야기는 그림자들이 비통하게 떠도는 자신들의 목소리를 뒤섞어놓는, 죽음의 기이한 다성악이다.

아담은 이 책을 지치도록 읽고 또 읽는다. 이제는 책을 읽는다기보다 책 속으로 들어간다. 책장들 사이를, 황량한 코말라의 거리를 걸어다닌다. 코말라의 뜨거운 먼지 속에 용해되어버린 아버지를 찾아 나선 아들 후안 프레시아도의 행로를 따라 걷는다. 뼈처럼 희끄무레한 도시의 담벼락들을, 사라진 목소리들이 스치고 지나간다. 부재하는 목소리들이 끊임없이 속살대며 이미 오래전에 떠나온 자신들의 초라한 삶의 추억을 지루하리만큼 되뇐다.

그는 후안 프레시아도를 따라 걷는다. 메아리가 된 망령들 무리가 주인공의 뒤를 바싹 추격해와, 아담의 머릿속은 이 망령들의 목소리로 가득하다.

후안 프레시아도는 기억의 잔해 속에서, 망각의 미로 속에서, 그의 분신이자 안내자다. 그리고 시골 마을의 추악한 독재자인 야만적이고 거만한 페드로 파라모는 코말라에 투영된 클레멘스 둥켈탈의 그림자다. 그 어디에도 없지만 사방에 존재하는 마을 코말라. 끈질기게 그의 머릿속을 맴돌며 괴롭히는, 어디 있는지 모를 마을 코말라. 반향과 부르짖음과 하소연이 배어나오는 납골당 마을. 산 자와 죽은 자, 현실과 꿈의 교차로에 자리한 신기루 마을.

속창

"우리가 코말라에 도착하면 당신은 보게 될 겁니다. 그곳은 땅의 잉걸불이요 지옥의 아가리 그 자체라는 것을. 그곳에서 죽어 지옥에 간 많은 사람들이 지옥에서 덮을 이불을 가지러 이곳으로 돌아올 정도니까요……"

"이 마을은 메아리로 가득차 있지요. 마치 담벼락의 파인 곳이나 돌 밑에 메아리를 가둬둔 것 같아요. 걷고 있을 때도 발밑에서 느껴집니다. 바스락대는 메마른 소리가 들려요. 웃음소리가 들리지요. 마치 웃는 것에도 싫증난 듯한 지칠 대로 지친 웃음소립니다. 또 너무 많이 써서 지친 목소리도 들려요. 이 모든 소리를 들을 수 있지요. 언젠가 이 소리들이 사라질 날이 있을 거라고 나는 생각해요."

후안 룰포, 『페드로 파라모』

단장 11

날이 새기가 무섭게 아담은 길을 떠난다. 책을 호주머니 깊숙이 찔러넣고 이 도시에서 벗어난다. 코말라를 향해 떠난다.

그는 해안에서 멀어져, 서쪽을 향해 발길 닿는 대로 걷는다. 목화밭을 따라 걷는다. 과수원들과 맞닿은 하늘이 장밋빛으로 물드는 것을 본다. 태양을 등지고 걷는 그의 그림자는 아직 창백하고 흐릿하다.

그는 낯선 땅을 성큼성큼 걸으며 망령을 추격한다. 그런데 누구의 망령일까? 페드로 파라모, 펠리페 고메스 에레라, 클레멘스 둥켈탈, 테아, 아니면 그 자신의 망령일까? 그로선 더이상 알 수 없다. 어쨌거나 망령은 달아난다.

그는 코말라를 향해, 아무데도 존재하지 않는 곳을 향해, 스스로를 향해 걸어간다. 광인의 비틀거리는 걸음걸이로 나아간다. 그는 아버지 유령의 목을, 또 그 아버지를 사랑한 멍청한 아이였던 자신의 목을 비틀러 온 분노의 순례자다. 그러나 유령은 끊임없이 몸을 피하며 그를 비웃고 지치게 한다. 그의 분노가 고조되며 점차 정화된다. 그의 그림자가 길게 늘어나며 점점 짙어진다.

자신의 추격이 터무니없는 짓이며 실패할 운명임을 알지만, 그래도 꿋꿋이 버틴다. 무언가가 짜여가는 중임을 느낀다. 딱히 뭐라 정의할 수 없는 불합리한 것이긴 해도 강력한 무엇이다. 그와 이 장소 사이에 있는 무엇. 그와, 시간 밖의 이 순간 사이에 있는 무엇이다. 그의 안에서 음모를 꾸미는 무언가가 기억을 흔들어놓고 시동을 걸어 조금씩 돌아가게 한다. 그러더니 회전이 점점 빨라진다.

무수한 영상이 그의 눈앞에서 거꾸로 달려간다. 임종을 맞는 이의 눈앞에 과거가 번개처럼 스쳐지나가듯이.

숨막히는 더위다. 그는 벌써 몇 시간째 걷고 있다. 그의 그림자가 점점 줄어들더니 신발 끝에 검은 물웅덩이가 되어 걸린다. 전날부터 한숨도 못 잔데다 아무것도 먹지 못해 갑자기 기운이 쭉 빠진다. 그는 들판 가장자리, 풀이 나지 않은 비탈에 가 앉는다. 중천에 걸린 해가 뜨겁게 내리쬔다. 그는 현기증이 일어 땅에 길게 눕는다.

그렇게 그는 땅에, 아버지의 수의인 언어의 광대한 몸에 자신의 몸을 대고 누워 있다. 그가 아버지에게 품었던 사랑의 구역질 나는 잔여물을 영원히 녹여버릴, 언어의 산酸이다. 따지고 보면 스페인어가 이 땅의 언어는 아니다. 본래의 언어는 아니다. 겨우 몇 세기 전에야 그곳에 들어온 군대가 강요한 언어일 따름이다. 훨씬 오래된 한 언어가 그곳의 돌들과 흙 밑에서 신음하고 있다. 피정복자들의 이 언어가 끈질기고도 완강하게 살아남아 있다.

천천히, 또다른 웅성임이 들려온다. 사방에서 웅성임이 새어 나온다. 땅과 하늘, 돌멩이와 풀들에서. 가슴을 에는 생경한 노랫소리가 곧 부풀어오르더니 팽창하고, 진동한다.

망상을 좇아 헤매는 사냥꾼의 지친 몸을 노랫소리가 공략한다. 정오의 떨리는 열기 속에 단조롭고도 탐욕스러운 다성多聲의 목소리로 노래하는 곤충들의 합창이다. 뜨거운 대기가 바스락대고 지글거린다. 흙에서 가느다란 울음소리와 희미한 콧노래가 새어나온다. 끈질기게 이어지는 곤충들의 어렴풋한 소리가 태양의 열기에 짓눌린 대지의 침묵에 수를 놓는다. 자신들의 하찮은 운명에 충실한 그들은 공허와 맞닿은 곳에서 작열하는 시간에 목소리의 줄무늬를 넣는다. 아무도 관심을 갖지 않는 그들 존재의 흔적을 남기려는 듯, 살아 있음을 증명하려는 듯, 너무도 덧없이 지나가는 이 세상에서의 삶을 최대한 요란스럽게 즐기려는 듯. 도취와 비탄과 투쟁의 노래다. 살아 있는 것들, 짐승과 인간의 노래다.

태양 아래 휘청거리는 동안 열에 들뜬 그의 머릿속에서 방금 전 은밀한 모의를 하던 것이 폭발한다. 곤충들의 울음으로 온통 구멍이 숭숭 뚫린 채 땅에 길게 누운 몸속에서. 넘쳐나는 소리의 환영들이 그의 안에서 폭발한다. 하지만 그의 아버지는 어디에도 모습을 드러내지 않는다. 솟구치는 기억은 다른 곳에서, 더 먼 곳에서 온다. 아담 슈말커 자신은 죽고 없는 한밤중에 갑자기 치솟는 큰 파도처럼. 그가 아담으로 불리기 전, 프란츠게오르크 둥켈탈이라는 이름으로 불리기도 전의 기억이다.

이전, 훨씬 이전의.

이전, 지금 이 순간의.

그는 거대한 오르간이 으르렁거리는 소리, 귀가 멍해지는 요란한 징소리, 무수한 북들이 쿵쿵 울려대는 소리를 듣는다. 광란의 오케스트라가 하늘에서 연주를 한다. 쇠와 불로 만든 악기들로 연주를 한다. 그 떠들썩한 소리가 땅 밑까지 뚫고 들어가 진동하고 울부짖는다.

온갖 연령대의 남자와 여자, 아이, 갓난아이, 개 들이 함께하는, 음정이 맞지 않는 성가대가 오케스트라의 굉음에 화답해 울부짖는다. 땅 밑에 빽빽이 숨어 있던 이 성가대가 갑작스레 미친 듯이 날뛰며 흩어지는데, 그 아우성이 바깥으로 퍼져 지면을 스치고 달리다 찢겨나간다. 그는 산산이 흩어져버린 이 아우성의 한 조각이다. 그는 울며 소리지르며 달린다.

하늘이 폭발해 타오르며 제방처럼 갈라지는 것이 보인다. 흘러넘치는 용암과 번쩍이는 운석들, 흰 유황빛 광채가 그 틈새로 솟구친다. 광란의 오케스트라가 필사적으로 불장난을 한다.

사람들과 짐승들이 타오르는 횃불로 변하는 것이 보인다. 쩍쩍 갈라져 내장이 드러난 도로에서 그들 중 일부는 액화된 아스팔트 속으로 녹아들고, 또다른 일부는 갈가리 찢겨나간다.

나무들이 비스듬히 솟아 있는 것이 보인다. 집들 정면에 박혀 있는, 불길처럼 머리를 풀어헤친 거대한 투창들이다. 그 와중에도 창유리가 깨져 튀고 굴뚝과 기와와 들보가 날아간다.

항구와 수로와 강과 못과 도랑의 물이 붉게 물드는 것이 보인다. 사방에서 물이 불길에 싸여 슈우우 소리를 내며 증발한다. 방황하는 자, 임종을 맞는 자의 얼굴에서 흐르는 눈물마저도 불이 붙어 타오른다.

살이 타는 자극적인 냄새가 난다. 그는 푹 삶아진 살에서 나는 메스껍고 역겨운 냄새, 피와 내장의 악취를 맡는다. 돌과 포석과 건물의 골조들은 검은 모래와 자갈과 석탄 조각에 불과하다.

선명한 노란색 장식 술, 진홍색 분출물, 눈부신 오렌지색 흙탕물…… 그는 이것들이 하늘에서 떨어지며 밤을 갈가리 찢어 놓는 것을 본다. 투명하고 끈적끈적한 색깔들의 요란한 연회다. 금빛과 진홍빛의 엄청난 토사물이 죽은 도시를 둘러싼다.

그는 색깔들이 터져오르며 천둥처럼 울려대는 소리를 듣는다. 그런데 갑자기 사방으로 달리는 망가진 꼭두각시들 사이로 한 여자가 사프란색 불꽃에 휩싸인 채 홀로 왈츠를 추는 모습이 보인다. 여자는 날카로운 소리를 지르며 미친듯이 춤을 춘다. 그러다 쓰러져 잠시 몸을 비트는가 싶더니……

더이상 아무것도 남아 있지 않다.

그는 더이상 아무것도 알 수 없다. 볼 수도, 들을 수도 없다. 연기가 오르고 냄새가 나는 무형의 검붉은 더미로 화한 횃불 여인을 제외하고는. 어머니일까? 요정이나 마녀일까? 나무줄기, 아니면 벼락 맞은 천사? 모르는 여자일까?

그는 여자를 본다. 여자가 연소되며 까맣게 타들어가는 것을 본다. 여자가 시야에서, 그의 삶에서 사라져가는 것을 눈을 크게 뜨고 바라본다. 완전히 멀어버린 두 눈을 크게 뜬 채 그녀를 바라본다, 그녀를 바라본다……

약주

“지옥의 아가리는 인류를 집어삼키는 구멍이다. 여기서 우리는 ‘지옥으로의 하강’이라는 그 유명한 주제를 발견한다. 이 아가리는 목소리들이 새어나오는 장소이기도 하다 (…) 메아리는 시간 속에 기입되는 음향의 한 형태로서, 원래의 소리를 반사하기에 적합한 일부 환경에서 생성된다. (…) 메아리의 미래는 벽, 장애물, 사형선고이며, 메아리는 자신을 과거로 되돌려 보내는 무언가와 충돌한다. 메아리는 움직이는 소리다. 하지만 자신이 다른 무언가가 된다는 희망을 전혀 갖지 못한 채 거꾸로 향하는 소리이며, 마멸이 그것의 운명이다.”

파비에네 브라두, 『파라모의 메아리』

단장 1

함부르크, 고모라의 시간.

악착같이 이어진 파괴 작전은 그 재앙의 이름에 합당한 수준에 이르고자 안간힘을 썼다. 후덥지근한 여름밤에 감행된 이 작전에서 괴물 같은 오페라가 탄생했다. 각각의 막이 너무도 급속히 진행되어 서로 구분이 되지 않는 오페라다.

"야훼께서 손수 하늘에서 유황불을 소돔과 고모라에 퍼부으시어 두 도시와 그곳에 사는 모든 주민, 그리고 땅에 돋아난 푸성귀까지 전부 태워버리셨다."*

주민들 틈바구니에 다섯 살 소년이 있다. 아이는 사람들이 꽉 들어찬 지하실에서 몸을 움츠린 채 곰인형을 끌어안고 있다. 그러나 지하실은 엉성한 은신처에 불과해, 머리 위에서 모든 것이 붕괴되는 순간 쥐덫이 되어버린다. 만신창이 시신들이 널브러진 이 소굴 밖으로 생존자들이 달려나온다. 그들은 연기 자욱

* 「창세기」 19장 24~25절.

한 잔해만이 길가를 따라 뻗어 있는 거리로 도망친다. 그렇게 험상궂은 얼굴들로 울부짖으며 달리면서 고모라의 혼돈을 재현한다. 여기저기서 쉴새없이 터져나오는 절규는 갑자기 잦아드는가 싶다가도 저만치서 다시 시작된다. 아까와는 다르지만 하나같이 비슷한 절규다.

잠에서 깨어난 어린 소년은 아무것도 이해하지 못한 채 달려가며 주변에서 벌어진 소동에 자신의 눈물을 섞는다. 이제까지 그의 손을 잡고 있던 손이 갑자기 그를 놓아버리는 순간 소년의 눈물은 오열로 변한다. 소년은 군중 속에서 혼자다. 악몽 속에서처럼 철저히 혼자다. 실제로 그는 아직 잠자고 있다. 선 채로, 달리거나 울면서, 잠을 잔다. 하지만 자신의 손을 잡고 있던 여자가 진흙과 파편들 속에서 춤을 추기 시작하는 것을 보자 눈물을 뚝 그친다. 여자의 옆구리에 커다란 불새가 매달려 있다. 이 맹금이 번쩍이는 날개를 펴 여자를 머리부터 발끝까지 감싼다. 놀랍도록 민첩하며 잔인하도록 아름다운 이 유괴의 현장을 마주하고서 아이는 돌멩이를 삼키듯 침을 삼킨다. 아이가 아는 모든 단어와 모든 이름도 함께.

함부르크, 무無의 순간.

"아브라함이 소돔과 고모라와 그 일대를 굽어보니 마치 큰 가

마에서 치솟는 듯한 연기가 피어오르고 있었다."*

아이는 아브라함이 아니다. 그저 곰인형을 가슴에 안고 있는 어린 소년에 불과하다. 아이의 시선이 부서진다. 아이는 그곳에서, 타오르는 불을 마주하고, 산 채로 죽음을 맞는다. 기억을, 언어를, 자신의 이름을 잃는다. 정신이 마비되고 심장이 소금 덩어리로 응결된다. 하늘이 폭발하고 잿더미가 된 도시가 노호하는 동안 아이는 자신의 소금 심장이 헝겊으로 된 곰인형의 몸속에서 희미하게 뛰는 소리를 듣는다. 곰의 주둥이가 아이의 목 언저리를 눌러오고, 금단추 같은 눈이 아이의 목에 와 닿는다. 주위에 숨막히는 열기가 감돈다. 대기에는 기름 먼지와 가스가 가득한데, 곰인형의 눈만은 순수함과 기적 같은 부드러움을 잃지 않는다.

함부르크, 원점의 순간.

"그런데 롯의 아내는 뒤를 돌아보다가 그만 소금 기둥이 되어 버렸다."**

이 시간의 공백 속에서, 어린 소년은 죽자마자 곧 다시 세상에

* 「창세기」 19장 28절.

** 「창세기」 19장 26절.

태어난다. 세상의 분화구에 알몸으로 던져진다. 아이는 자신에 대해 더는 아무것도 알지 못하며, 자신의 몸을 미나리아재비 눈을 한 곰인형의 몸과 혼동한다. 인간에 대해서도 더이상 아무것도 모른다. 인간의 목소리와 폭발의 굉음을 혼동한다. 쏟아지는 돌과 들보와 금속, 파괴된 도시를 가로질러 물결처럼 넘실대는 화염의 숲, 죽어가는 이들의 신음 소리, 미쳐버린 생존자들의 고함 소리…… 이 모든 떠들썩한 소리와 인간의 목소리를 아이는 혼동한다. 아이는 더이상 자신의 언어를 알지 못한다. 말들은 이제 전쟁의 맹화와 압착기 속에 뒤죽박죽으로 섞여 있는 망가진 음향에 불과하다. 거기서 끈적끈적한 액체가 흘러나와 피와 불에 탄 살과 유황과 유독가스와 연기 냄새를 풍긴다. 노란색과 진홍색 피로 반짝이는 줄무늬가 진, 검고 기름진 액체다.

함부르크, 고모라 다음날 새벽.

폐허 속에서 홀로 태어난 아이, 전쟁이 낳은 아이, 다시 태어난 이 아이는 아름다움과 공포를, 광기와 생명을, 우스꽝스러운 인형극과 죽음을 혼동한다. 바람에 밀려가는 봇짐처럼, 아이는 떠난다. 수많은 생존자들의 무리에 끼어, 독일제국이 저지른 범죄로 벌을 받아 물에 잠긴 아름다운 도시를.

길을 잃었거나 고아임이 분명한, 몽유병에 걸린 이 어린 소년을 마침내 사람들이 염려하게 되었을 때, 아이는 그들이 묻는 말에 아무 대답도 할 수 없다. 사람들은 아이가 귀머거리나 바보라고 생각한다. 누군가가 곰인형의 목에 둘린 살짝 눌은 손수건을 끌러보자고 제안한다. 그러자 색색의 면사로 수놓인 이름이 눈에 띈다. 마그누스. 곰인형의 이름일까, 아니면 아이의 이름일까? 더 나은 이름을 찾지 못한 사람들은 이 귀머거리 아이를 그렇게 부른다. 부모를 잃은 다른 아이들과 함께 아이는 이 이름으로 고아원에 맡겨져 입양 가족이나 위탁 가정을 기다리게 된다.

고모라 이후, 황야의 문턱에서, 지옥의 계단에서.

한 여자가 고아원을 찾아와 아이들을 하나씩 살펴본다. 아직 젊고 우아하지만 최근에 상을 당해 표정이 굳어 있는 부인이다. 귀머거리도 벙어리도 아니지만 기억을 모조리 상실했다는 이 어린 소년에게 그녀는 마음이 끌린다. 그래서 아이를 한참 동안 관찰한다. 귀엽고 온순한 아이라는 생각이 든다. 영리해 보이기도 한다. 곱슬머리에 눈이 담갈색인 이 사내아이의 두상은 전형적인 아리아인의 두상이며, 성기에도 할례를 받은 흔적이 없다. 신체로 보나 혈통으로 보나 흠잡을 데가 없다. 정신은 지우개로 지워져 새로운 내용을 담을 준비가 되어 있는 백지 같다. 여자는 거기 쓰인 글들을 말끔히 지워내고 자기 마음에 드는 글자로 채

워나갈 것이다. 그녀는 대체할 텍스트를 갖고 있다. 죽음에 대해 앙갚음을 할 텍스트를.

약주

"1943년 한여름, 긴 혹서가 이어지는 동안 미국 제8공군의 지원을 받은 영국 공군(RAF)은 함부르크를 수차례 공습한다. '고모라'라 명명된 이 작전의 목표는 이 도시를 초토화하는 것이었다. 7월 28일 새벽 1시에 시작된 이 공습 동안 1만 톤의 폭탄과 소이탄이 엘베 강 동쪽 연안의 인구 밀집 지역에 투하되었다……"

W.G. 제발트, 『공중전과 문학』

"기록을 좋아하는 사람이거나 폐허에 관한 전문가가 되고 싶은 사람이라면, 또 황폐한 도시가 아닌 황폐한 풍광—사막보다 더 쓸쓸하고, 산악지대보다 더 험하며, 불안한 꿈보다 더 환상적인—을 보고 싶은 사람이라면, 단 하나의 도시, 독일의 이 도시만이 그 기대를 충족시킬 수 있을 것이다. 다름아닌 함부르크다. (…)

그 모든 차가운 양상들이 게르니카와 코번트리*의 이 변이체에 재현되어 있다."

스티그 다게르만, 『독일의 가을』

* 제2차세계대전 때 나치 독일 공군의 폭격으로 스페인의 게르니카와 영국의 코번트리에서 수백 명이 희생되었다.

단장 12

일사병으로 의식을 잃은 채 목화밭 가장자리에서 발견된 청년은 베라크루스의 한 병원으로 이송되었다. 이틀 동안 그의 심신은 불덩이 같은 고열에 시달리며 열병을 앓는다. 땀을 흘리고, 몸을 뒤척이고, 헛소리를 한다. 그러나 태양빛에 손상된 눈꺼풀 안의 시선은 하나의 영상에 꼼짝 않고 고정되어 있다. 등에 불길처럼 타오르는 날개를 달고 빙빙 돌다 검은 덩어리가 되어버린 여자의 영상이다. 그런 모습으로 춤추기 전 그녀는 지하실에, 폐허가 된 거리에 있었다. 그는 살아 있을 때의 그녀 얼굴이 보고 싶다. 잇달아 전개되는 영상들을 거슬러올라가려 하지만 기억이 말을 듣지 않는다. 기억은 까맣게 탄 그 육신에 부딪쳐 깨지고 상처가 난다. 그러다 정지한다.

긴장의 끈을 놓지 않으면 기억은 다시 작동하며 반대 방향으로 미끄러져 내려간다. 진흙과 재 속에 누운 거무스름한 덩어리에서 다른 한 여자가 일어서는 것이 보인다. 입술을 붉게 칠하고 다이아몬드 귀걸이를 단, 검정 투피스 차림의 낯선 여자다. 여자가 그를 향해 걸어온다. 붉은 미소를 머금고 두 눈을 반짝이며. 서리꽃들이 여자의 귀에서 빛을 발한다. 여자가 그에게로 몸을 기울이자 좋은 냄새가 난다. 여자가 그의 머리를 쓰다듬으며 다정하게 무어라 속삭인다. 그로선 이해할 수 없는 말들이 나뭇잎처럼 살랑거린다. 여자는 천천히 손을 잡고 그를 데려간다. 그는 온순한 작은 로봇처럼 그녀를 따라간다. 그러나 옆구리에 끼고 있는 곰인형을 여자가 빼앗으려 하자 그는 비명을 지르며 달아난다. 결국 여자는 그에게서 과거의 그 더러운 잔여물을 제거하겠다는 생각을 포기한다. 나중에 그가 말을 잘 듣게 되었을 때 그 곰인형을 내다버리리라 마음먹는다.

"마그누스……"

그가 중얼거린다. 힘없는 목소리로 몇 번이나 이 이름을 되뇌다 눈을 뜬다. 열이 내리고 서서히 의식을 회복한다. 머리맡에 한 여자가 앉아 있는 것이 보인다. 하지만 단번에 알아보지는 못한다. 조금 전에 보았던 환영 속에는 등장하지 않았던 여자다. 메이 글리너스톤즈가 거기 앉아 있다.

병원에 실려왔을 때 사람들이 환자인 그의 몸에서 찾아낸 것은 후안 룰포의 소설책과 테런스 글리너스톤즈의 명함이 전부였다. 그의 신분을 증명할 만한 게 아무것도 없었다. 그들은 명함에 적힌 번호로 호텔에 전화를 했고, 글리너스톤즈 부부가 곧 달려왔다. 하지만 이 부부에게서 알아낼 수 있는 정보는 얼마 되지 않았다. 부부가 아는 거라고는 청년의 이름뿐, 성조차 자신 있게 기억하지 못했다. 두 사람은 이 영국 학생이 고열에 시달리는 동안 독일어로 말하는 것을 듣고 몹시 당황했다. 그 밖에 다른 언어도 섞여 있었지만 정확히 어느 나라 말인지 분간할 수 없었다.

메이가 그에게 주었던 새 책은 이미 손때가 묻고 닳아 있었다. 책장 귀가 접히거나 군데군데 구겨진 것으로 미루어 책을 함부로 다루며 탐욕스럽게 읽고 또 읽은 것이 분명했다. 그녀는 더는 망설이지 않고 곧장 소설을 읽어나가기 시작했다. 호기심에 자극받아 불완전한 스페인어 실력을 극복해나가면서. 몹시 당혹스러운 줄거리였다. 등장인물들은 하나같이 공허함 속에 흔들리며 대화의 동강들을 엮어가는 고통받는 영혼들에 불과했다. 무덤 저편에서 튀어나와 길고 긴 코말라의 잠 못 이루는 밤에 도깨비불처럼 방황하며 춤추는 메아리들의 행렬이다. 죽은 자들은 그런 식으로 우리에게 말을 거는 것일까? 그녀는 자문해보았다. 테런스가 살짝 돌려 대답했다. 우리의 기억이 그런 식으로 끊임없이 되풀이해 말을 한다고. 혈관 속에 흐르는 피처럼, 너무도 작고 희미해 우리는 들을 수 없는 단어로. 우리가 귀기울이지 않기에 더더욱 들리지 않는 소리다. 그런데 그런 식으로 쓰인 책들이 있다. 커다란 소라 껍데기를 귀에 갖다대면 그 속에서 난데없이 자신의 피가 윙윙대는 어렴풋한 소리가 들리는데, 독자들은 그 책들을 통해 바로 그런 효과를 경험한다. 바닷소리, 바람 소리, 우리 심장이 뛰는 소리. 어딘지 모를 곳에서 들려오는 희미한 소리. 아담은 이런 책을 읽은 것이다. 다른 이들에게는 이상하고 불투명하게 들리는, 이해가 가지 않는 이야기다. 하지만 그는 이 책을 귀에 바싹 대고 읽었을 것이다. 무수한 메아리가 웅성이기 시작한 움푹 파인 구덩이며 도랑, 심연과도 같은 책이었을 것이다.

테런스는 청년이 깨어날 때까지 기다리지 못하고 일 때문에 샌프란시스코로 돌아간다. 하지만 메이는 남는다. 메이는 병실에 누워 있는 이방인에게 유대감을 느낀다. 아무튼 이상한 청년이다. 그녀의 생명을 구해주고는 다음날 자신의 생명을 위험에 처하게 했으니 말이다. 자신이 읽은 책에 완전히 사로잡힌 채 맨머리로 직사광선을 받으며 그렇게 계속 걸었던 것이다. 그런데 이 책을 준 사람이 그녀였으므로 그녀 자신도 다소 책임이 있다고 느낀다. 이 영국인 청년은 정말이지 그녀의 호기심을 자극한다. 함께 저녁식사를 할 때는 그토록 조심스러웠던 그가 이제 고열로 정신을 잃은 상태에서 다른 언어들로 말을 하고 소리를 질러대지 않는가. 청년은 마치 사랑에 빠진 사람처럼 침대에서 머리카락이 땀에 젖은 채 거친 숨을 몰아쉬면서 자신을 괴롭히는 마귀들과 싸우고 있다. 그의 이런 모습을 지켜보며 그녀는 더한층 그에게 매료되고 있음을 느낀다. 그녀는 자신이 이 열병이라는 마귀들의 자리를 차지해 그와 함께 침대에 눕기를 원한다. 자신의 피부에 닿는 그의 체취를 느끼고, 자신의 몸을 눌러오는 그 몸의 무게를 온전히 느끼고 싶다. 자신의 목에 와 닿는 그의 거친 숨소리를 듣기를 원한다.

"마그누스?…… 마그누스가 누구죠?"

메이가 아담에게 몸을 기울이며 묻는다.

"접니다." 그가 대답한다.

"그럼 아담은요? 그는 어떻게 됐죠? 코말라에 남아 있나요?"

그녀는 청년이 책 속에서 길을 잃은 것이라 생각하며 이렇게 묻는다. 하지만 그가 여전히 헛소리를 하고 있는 건지, 분별력을 갖고 말하는 건지는 그녀도 알 수 없다.

"그 소설을 읽으셨으니 알 테지만, 이야기는 후안 프레시아도가 이미 죽은 시점에서 시작됩니다. 저 역시 나름대로 죽은 셈입니다. 아담 슈말커는 환상이었어요. 그가 비탈에 쓰러져 햇빛에 증발해버린 것도 당연한 일이지요. 그러느라 시간이 너무 지체되었을 뿐입니다."

이 대답에 그녀는 혼란에 빠진다. 그 엉뚱한 논리를 자신이 제대로 따라잡고 있는지 확신할 수 없기 때문이다. 하지만 도무지 이해가 되지 않는 이 청년의 의식이 아주 또렷이 깨어 있음을 더는 의심치 않는다. 고열에 시달리며 착란 증세를 보이는 동안에도 그의 의식은 더한층 예리해진 것 같았다.

"당신에게 일어난 일을 이해할 것 같기도, 전혀 이해하지 못하는 것 같기도 한, 묘한 느낌이네요. 완전히 회복되거든 내게 설명해줬으면 해요. 당신이 누군지."

그는 지친 표정으로 씁쓸한 미소를 짓는다. 그 역시, 어느 누구보다 그 자신이야말로, 자신이 정확히 누군지 알고 싶으니 말이다. 지금 당장 그가 아는 것이라고는 자신이 둥켈탈 부부의 아들이 아니라는 사실뿐이다. 한 번도 그들의 아들인 적이 없었으며, 앞으로도 영영 그러리라는 것이다. 어떤 해방과도 같은 깨달음이었다. 마치 가짜 이름과 가짜 혈통을 벗어던지고 환속한 수도승이 된 느낌이다. 대신 어느 곰인형의 이름만이 그가 누구인지 말해주는 전부가 된다. 과거에 그랬듯이 더 나은 이름을 찾지 못해 그가 다시 자기 것으로 삼은 이름.

마그누스. 알리아스 마그누스. 이 몽상적인 이름을 가지고 그는 마침내 성년의 문으로 들어가기로 결심한다.

속창

"—내 어머니, 내 어머니는 죽었어, 나는 말한다.

—아, 그래서 그녀의 목소리가 그렇게 희미했군. 여기까지 닿기 위해 아주 먼 거리를 지나와야 했던 것처럼 말이야. 이제야 알 것 같아. 그녀가 죽었다고? 그게 언제지?"

"그래, 내가 네 어머니가 될 뻔했지. 그녀한테서 한 번도 그런 이야길 들은 적이 없니?"

후안 룰포, 『페드로 파라모』

단장 13

마그누스의 몸과 살 내음과 입술의 맛, 그리고 쾌락이 고조되는 순간 입에서 새어나오는 저음의 거친 숨결을 메이는 곧 향유하게 된다. 열한 살 연하인 이 청년과 그녀는 미친듯이 사랑에 빠진다. 그녀가 두려워하는 것은 그와의 나이 차이다. 언젠가 그가 그녀를 저버리고 더 젊은 여자에게 관심을 갖지 않을까 하는 것이다. 하지만 그보다 더 두려운 것은 그에게서 느끼는 매력과 그를 향한 지칠 줄 모르는 자신의 욕구와 집착이다. 그녀는 과도한 욕구에 결박당해 순식간에 지고한 성격을 띠게 된 이 예기치 못한 사랑의 포로가 되어버린다. 일체의 구속에서 벗어나 강한 여자가 되기를 늘 꿈꾸어왔던 그녀인데 말이다. 열여덟 살에 테런스와 결혼한 날부터 그녀에게는 수많은 애인이 있었지만 그 정도로 그녀의 마음을 사로잡았던 이는 없었다. 매번 그녀가 게임의 주도권을 쥐었다. 그러나 이번에는 항복하지 않을 수 없다. 마그누스가 스스로도 모르는 사이에 그녀를 의존적인 여자로 만들어버린 것이다. 하지만 그녀는 여전히 오만함과 교활함을 잃지 않은 채 그가 이 사실을 눈치채지 못하게 조심한다. 우아하고도 명랑한 매력을 한껏 발산하며 그를 붙잡아두기 위해 최선을 다한다.

실제로 마그누스는 자신이 부추겨놓은 열정에 맞서 메이가 얼마나 치열한 싸움을 벌이고 있는지 알아채지 못한다. 자신이 느끼는 사랑의 감정이 마음대로 커가도록 내버려두지도 않는다. 이 관계가 지속되리라고는 거의 상상할 수 없기 때문이다. 글리너스톤즈 부부는 너무도 강하게 결속되어 있어 둘 사이에 제삼자가 끼어들 여지가 없어 보인다. 일시적으로 눈과 마음을 속이는 경우가 아니라면. 그러나 그의 이런 두려움은 불필요한 것이 되고 만다. 테런스는 형식적으로만 메이의 남편이기 때문이다. 테런스는 아주 순결하고 편리한 남편이라고, 메이는 웃으며 그에게 설명해준다. 테런스는 남자를 더 좋아하고 남자에게만 사랑을 느끼기 때문이라고. 그들의 결혼은 처음부터 서로가 만족스러운 일종의 계약이었다. 상대방에 대한 존경과 애정을 근거로 해가 갈수록 암묵의 깊은 동조로 견고해지는, 몹시 융통성 있는 계약이다. 테런스와 메이는 비슷한 사람들이다. 테런스에게 이 결혼은 그의 사회적 신분이 요구하는 체면을 지킬 수 있게 해주었고, 메이에게는 가족의 굴레에서 보란듯이 벗어나 어린 시절부터 꿈꾸어온 자유를 누리게 해주었다. 두 사람은 각자에게 닥치는 일시적인 연애에 대해 서로 침묵하지만, 새로 사귄 애인이 다소라도 비중을 차지하게 되면 곧 상대방에게 소개한다. 그리고 이 문제의 애인이 상대방의 마음에 호감을 불러일으키면 관계는 더욱 돈독해진다. 그렇지 않을 경우 애인과의 관계는 소원해지고 때가 되면 저절로 정리된다. 부부의 친밀감을 조금도 손상시키지 않은 채. 이 년 전부터 테런스는 스콧이라는 남자를 사귀어왔다. 테런스가 홀딱 반해 있는 이 남자를 메이도 무척 높이 평가한다. 그녀는 이런 이야기를 아무렇지도 않은 듯 들려준다. 그런 부부 관계가 아주 자연스러운 것이라는 듯이. 마그누스는 당장은 좀 당황하지만, 서로 하나인 동시에 독립적인 이 부부 사이에서 얼마 안 가 자신의 온전한 자리를 찾는다.

마그누스가 런던으로 돌아가는 길을 메이가 동행한다. 그 도시를 다시 보고, 또 그곳에 사는 친구들을 찾아본다는 명목으로. 그녀는 어떻게든 마그누스 곁에 남고 싶다. 이제 진실을 알게 된 그가 외삼촌 부부와 어떤 식으로 재회하게 될지 그녀는 몹시 궁금하다. 그들이 어떤 설명을 들려줄 것이며, 이 대면 후에 그가 어떤 결정을 내리게 될지도. 그에게 샌프란시스코로 와서 살라는 제안은 했지만, 그렇다고 강요할 생각은 하지 못한다.

슈말커 가족에게로 돌아온 날 저녁, 마그누스는 로타르에게 묻는다.

"왜 저를 조카라고 믿게 한 거죠? 그 사람들의 아들이라는 사실이 제겐 상처밖에 안 되는데, 왜 그런 거짓 속에 절 가둬두셨나요? 왜 시종일관 제게 거짓말을 하셨죠?"

이제 마그누스라고 불리기를 원하는 이 청년의 비난 섞인 물음 앞에 로타르는 사실을 부정하고 모르는 척할 수도 있다. 아이가 태어났을 무렵 누이와는 연락 두절 상태였고, 누이가 아이를 입양했을 당시—정말로 그가 입양되었다면—그는 망명 생활중이었다는 사실을 핑계로 내세울 수도 있다. 이렇게 그는 아무것도 몰랐던 척하며, 자신을 비난하는 그에게 오히려 반문할 수도 있다. 테아와 클레멘스의 아들이 아니라는 확신이 어떻게 그토록 갑작스레 들었는지, 이 비밀이라는 것을 말해준 사람이 누구인지, 증거가 있는지. 하지만 그는 그렇게 하지 않는다. 그러고 싶지 않기 때문이다. 두려운 마음에 끊임없이 미루었던, 기다리던 순간이 갑자기 닥친 것이다. 지나친 조심성에서 비롯된 긴긴 거짓에서 마침내 벗어날 순간이다.

그렇다. 그는 알고 있었다. 누이동생이 불임이라는 사실을, 온갖 치료를 다 받아봤지만 임신할 수 없었다는 사실을. 그래서 두 남동생이 그녀에게는 아들 대신이었다. 그랬던 동생들이 죽자 그녀는 아이를 입양하겠다는 생각을 굳히게 된다. 그리고 기회가 생기자 놓치지 않았다. 모르는 아이를 입양할 생각은 추호도 없는 남편의 뜻을 처음으로 거스르면서까지. 클레멘스는 자신의 아들인 게 틀림없는 사생아를 막 얻은 터라 더더욱 입양을 원치 않았다. 클레멘스의 외도를 테아가 얼마만큼 눈치채고 있었는지는 로타르도 알 수 없었다. 그녀는 자신이 꿈꾸는 장밋빛 세상에 방해가 되거나 상처를 줄 만한 것은 모두 부정해버리는 데 언제나 대단한 열정을 쏟았으므로, 이 경우에도 기꺼이 장님이 되었을 것이다.

하지만 이 입양에 대해서는 나중에야 알게 되었다고 로타르는 설명한다. 십오 년 가까이 소식을 끊고 살았던 누이가 그에게 프리드리히스하펜으로 와달라는 편지를 보낸 것이다. 자신에게 살날이 얼마 남지 않았음을 안 그녀는 아들을 걱정했다. 어쨌거나 그녀는 그를 친아들로 여기며 사랑했던 것이다. 하지만 아이를 맡길 만한 사람이 없었다. 친지들은 죽고 친구들은 흩어져 그녀는 무인고도에 떨어져 있는 거나 진배없었다. 그 순간 오빠가 떠올랐다. 정권에 맞서고, 유대인 여자를 아내로 맞고, 급기야 적국으로 이민을 간 오빠였다. 그런 오빠를 그녀는 모욕하고 경멸했으며 반역자로 취급했다. 그런데 이제 다시 그런 오빠에게 손을 내밀게 된 것은 단지 주변에 의지할 사람이 하나도 없다는 이유 때문만은 아니었다. 그녀는 오빠가 그녀의 부름에 응하리라는 것을 의심치 않았다. 오빠는 당장이라도 달려와, 그녀가 떠맡기는 의무를 어김없이 이행할 터였다. 로타르에게 적개심을 품었음에도 그에 대한 신뢰감은 고스란히 남아 있다가 죽음이 임박한 상황에서 다시 머리를 들었다. 아이에게 진실을 말해줄 것인지 말지는 로타르의 판단에 맡겼다. 그녀가 그토록 주도면밀하게 구축하고 감시했던 거짓조차 그녀의 관심 밖으로 밀려났다. 그녀는 만사에 흥미를 잃었다. 싸워야 한다는 생각은 물론 삶에 대한 의욕도 사라졌으며, 사랑하거나 미워할 힘도 남아 있지 않았다. 더는 아무것도 기대하지 않았다. 그 누구의 용서나 동정도 바라지 않았으며, 무엇을 희망하거나 믿지도 않았다. 공허의 맨 밑바닥까지 내려가 자신에게 철저히 무관심한 상태에서 죽을 준비가 되어 있었다. 그렇게 무無가 되어버릴 것이었다. 아직 걱정스러운 것이라곤 폭격당한 도시의 생존자라는 사실 말고는 부모가 누군지도 모르는 양아들의 앞날뿐이었다. 그리고 자신이 매몰차게 내쳤던 오빠만이 여전히 믿을 만한 사람으로 보였다. 한 번도 자신을 문제 삼아본 적 없는 테아의 삶은 시종일관 무모하면서도 돌이킬 수 없는 확신과 모순의 혼합물이었다.

결국 아이에게 진실을 말하는 일은 로타르의 재량에 맡겨졌지만, 그는 끝내 그 일을 실행에 옮기지 않았다. 적절한 순간을 한 번도 찾아내지 못한 탓이다. 그는 이 진실을 아무한테도 털어놓지 않았다. 아내와 딸들에게조차. 아무도 아이의 진짜 태생을 알 수 없었던 만큼 그것은 일부가 잘려나간 불완전한 진실인데다, 본인도 모르는 사이 그 진실을 남과 공유한다면 더 큰 기만을 초래할 수도 있었기 때문이다. 어찌 됐든 그는 이제 청년에게 묻는다. 어떻게 이 비밀을 알게 되었으며, 누가 말해주었는지, 그리고 멕시코에서 무슨 일이 있었는지. 그러나 마그누스는 아무 설명도 할 수 없다. "땅이 말해줬어요. 땅과, 벌레들과, 태양이……"라고, 미치광이 취급받지 않고 어떻게 그런 말을 할 수 있을까?

"그냥 알아요, 그게 전부예요."

그는 그렇게만 대답한다.

그 말이 사실이다. 그가 아는 것은 그게 전부다. 그가 얻어낸 사실은 불완전한 것이어서, 유년기에 앓았다던 병과 부모와 관련된 사항만 거짓으로 드러나고 확인되었을 뿐 그 자신이 누구이며 어디서 왔는지는 여전히 알지 못한다. 전보다 더 오리무중에 빠져버린 느낌이다. 그는 헝겊에 싸서 벽장에 넣어두었던 곰인형을 꺼내 헝겊을 벗긴 다음 무릎에 올려놓는다. 그 순간, 곰인형의 다이아몬드 눈을 가리느라 둘러두었던 손수건이 축축이 젖어 있음을 알게 된다. 손수건을 풀자, 광채가 사라진 다이아몬드에 까칠한 잿빛 딱지가 져 있다. 마치 동굴 내벽에 형성된 초석 자국처럼 습기로 문드러진 상태다. 그는 회색 눈물의 백태가 낀 곰인형의 두 눈을 떼어내 호주머니에 쑤셔넣고 대신 작은 미나리아재비를 도로 꿰매넣는다. 그러자 예전 모습을 되찾은 곰인형이 조금 놀란 표정인데, 그렇다고 자신이 오랜 세월 함께하며 보호해주었던 사람에게 어떤 새로운 사실을 열어 보이지는 않는다. 단지 제 목에 둘려 있던 이름을 그에게 다시 줄 뿐이다. 면사로 수놓인 그 철자들은 다이아몬드의 산성 눈물에 색깔이 완전히 바래 있다.

마그누스는 스무 살이다. 하지만 정확히 언제 어디서 태어난 것일까? 살아온 삶의 사분의 일은 망각 속에 녹아 있고 나머지는 모두 길고 긴 거짓으로 오염되어 있다.

그는 스무 살이며, 스스로에게 이방인이다. 과도한 기억으로 넘쳐나는 익명의 청년이지만, 이 기억에는 '근원'이라는 중요한 부분이 결여되어 있다. 기억과 망각으로 인해 미쳐버린 청년. 청년은 여러 언어로 자신의 불안감과 의심을 가지고 재주를 부리지만 그 어떤 언어도 그의 모국어가 아닌 듯하다.

그는 영국을 떠나 미국에 가서 살겠다는 결심을 로타르와 하넬로레에게 알린다. 출발 전날 그는 템스 강둑을 걷다가 빛을 잃어 뿌예진 다이아몬드를 강물에 던진다. 종잇장보다 더 얇은 손수건은 누렇게 바랜 반투명한 헝겊 쪼가리에 불과하다. 그는 손수건을 손수 빨아 곰인형의 목에 다시 매어준다.

메아리

"내 어머니…… 내 어머니는 죽었어…… 그녀의 목소리가…… 너무도 희미해…… 여기까지 닿기 위해 아주 먼 거리를 지나온 게 틀림없어…… 여기까지…… 여기……기……

이제야 알 것 같아…… 그녀가 죽었다고?…… 그게 언제지?…… 언제지?…… 언제……"

단장 14

여기서 마그누스의 이야기가 시작된다. 샌프란시스코, 뉴욕, 몬트리올, 로스앤젤레스, 밴쿠버, 그리고 다른 여러 도시 어딘가에서. 공연장을 열심히 찾아다니며 여러 신문과 잡지에 비평을 기고하는 일을 하는 메이 글리너스톤즈는 새로운 창작물을 찾기 위해서라면 수천 킬로미터의 주행도 마다하지 않는다. 마그누스가 그런 그녀와 자주 동행한다. 미술상인 테런스 역시 여행이 잦다.

스콧을 포함해 그들은 4인 가족을 이룬다. 서로 뒤섞이지 않고 만나며 짐이 되지 않고 서로를 지탱해주는 이 관계에서는 사랑이 욕망과 우정의 다채로운 양상으로 굴절한다.

마그누스는 끊임없이 동요하는 이 새로운 삶에 빠르게 적응한다. 메이는 범선의 선수상船首像 같다. 마음이 내키면 출범하고 바람의 방향에 유연하게 대처하는 자유로운 범선이다. 그녀 덕분에 마그누스는 마침내 자신을 괴롭히던 망령들과 결별하고 과거로부터 벗어난다. 그의 앞에 새로운 지평선이 열린다. 그것은 더이상 그의 뒤에서 아가리를 벌리고 있는 시커먼 구멍이 아니다. 그런데 그 역시 메이처럼 물질적인 측면을 포함해 어느 면으로든 의존하는 것을 혐오했으므로 번역 일을 시작한다. 미술 잡지에 실릴 기사나 전문 서적, 시론 따위를 번역한다. 불안정하긴 해도 시간을 자유롭게 쓸 수 있는 이 일을 그는 달갑게 받아들인다.

하지만 세 차례에 걸쳐 과거의 망령들이 그의 삶을 침범한다. 첫번째는 그가 샌프란시스코에 정착한 지 얼마 되지 않았을 때의 일이다. 어느 날 저녁 그와 글리너스톤즈 부부와 스콧, 이렇게 네 사람이 레스토랑에서 식사를 하고 있는데 갑자기 테런스가 대화를 끊고 낮은 목소리로 메이와 마그누스에게 말했다.

"우리 뒤쪽 테이블에 앉은 사람들이 하는 말을 들어봐, 잘 들어봐……"

이 말에 두 사람은 귀를 기울이고, 스콧도 무의식적으로 따라 한다. 울림이 투박한 언어로 이야기하는 소리가 들린다. 마그누스는 못 알아듣겠다는 뜻으로 어깨를 들썩하고, 메이는 소리에 집중하느라 눈썹을 찌푸린다.

"뭔가 생각날 것 같은데, 그게 뭐더라?……"

테런스가 그녀를 도와 암시를 준다.

"코말라?"

그러자 메이가 즉시 되받는다.

"맞아요, 코말라예요!"

그녀는 마그누스 쪽으로 몸을 돌리고 말한다.

"당신이 베라크루스 병원에서 의식을 잃고 있던 동안 간간이 중얼대던 언어와 비슷해요…… 독일어는 아니었는데, 어디 말인지 아무도 모르더군요……"

마그누스는 자신의 입에서 나왔다는 이 말들을 기억하지 못한다. 함부르크의 그 운명적인 밤의 광경만 기억에 각인되어 있다. 그의 삶에 새로운 빛을 던져준 그 폭발적인 영상은 또한 그의 가장 오래된 과거가 한꺼번에 몰려와 헛되이 부딪치는 눈부신 영상이기도 했다. 이 기억 놀이에서 밀려났다고 느낀 스콧은 자신도 한몫 낄 방법을 찾는다. 그는 자리에서 일어나 뒤쪽 테이블의 여행객들에게 어느 나라에서 왔는지 물으러 간다. 그러고는 제자리로 돌아와 앉은 다음 이 게임을 수수께끼 놀이로 만든다. 친구들의 추측이 계속 빗나가자 그가 마침내 정답을 알려준다.

"아이슬란드래요! 그러니까 마그누스는 아이슬란드인 불법체류자인 셈이죠……"

이렇게 말한 뒤 그는 아이슬란드 사람들에게서 막 얻어낸 정답에 의기양양해져 마그누스를 향해 잔을 들어올리고는 "스카울!" 하고 크게 외치며 건배한다. 그러나 글리너스톤즈 부부와 스콧의 예상과 달리 마그누스는 비현실적인 얘기라며 아무런 감정도 호기심도 드러내지 않고 서둘러 화제를 바꾼다. 그는 더이상 과거를 돌아보고 싶지 않다. 잔해 속을 다시 헤집고 다니겠다는 생각도, 어두컴컴한 미로 속을 지치도록 샅샅이 뒤지고 다닐 생각도 없다. 그는 지금 이 상태로 행복하며, 이제는 오직 현재 속에 살고 싶다.

그후 망령들은 실제 사건의 소환을 받아 좀더 확실한 방법으로 찾아온다. 1961년에 두 사건이 연달아 일어난다. 우선 전 세계를 떠들썩하게 했던, 예루살렘에서 열린 아이히만 중령에 대한 재판이 그 하나이며, 두번째는 베를린을 둘로 가르는 장벽이 세워진 사건이다.

이 나치 전범 재판에 관한 한 보도 기사가 물의를 일으킨다. 철학자 한나 아렌트가 주간지 〈뉴요커〉에 발표한 기사다. 이 기사는 오만무도하다는 평을 듣게 되는데, 특히 그 분석 과정과 판단에 비난이 쏟아진다.

비난의 대상이 된 이 보도 기사를 마그누스도 읽는데, 그는 이 기사를 읽고 마음이 상하기는커녕 '악의 평범성'이라는 개념에 동조한다. 그가 보기에는 이 개념이 결코 경솔하게 내뱉은 생각이 아닐뿐더러 오히려 너무 흉하고 수치스러워 보고 싶지 않은 상처에 직접 손가락을 갖다댄 듯하다. 한나 아렌트의 글을 읽으며 그는 다른 이들의 음성이 배경음으로 들려오는 것을 막을 수 없다. 그가 가까이 알고 지냈던, 재난과 죽음을 몰고 온 사람들. 농담을 즐기던 율리우스 슐라크의 쩌렁쩌렁한 웃음소리, 시에 정통했던 호르스트 비첼의 완벽한 시 낭송, 클레멘스 둥켈탈의 낮은 바리톤 목소리. 이들 목소리는 분명 양심의 가책이라곤 없는 무뚝뚝하고 단조로운 어투로 아이히만을 대신해 대답했을 것이다. 자신들은 죄가 없다고. 만일 그들이 체포되어 재판을 받았다면 법정의 고소 조항마다 그렇게 대답했을 것이다.

베를린이라면 그에게는 일곱 살 무렵 그 도시를 가끔 방문했던 추억이 있는데, 어느 날 클레멘스가 데려가주었던 동물원의 기억만 또렷이 남아 있다. 아버지라는 사람이 그와 함께 시간을 보내는 일이 매우 드물었던 까닭에 그날만큼은 그의 머릿속 깊이 각인되어 있다. 마침내 자신의 '밤의 주인'과 단둘이 있게 되었다는 기쁨이 단번에 짓밟힌 순간이기도 했기 때문이다. 동물원 입구 근처에 세워진 거대한 금룡 조각상 발치에 한 젊은 여자가 세 살가량 된 남자아이를 데리고 기다리고 있었다. 여자와 그의 아버지는 그렇게 마주친 게 뜻밖이라는 표정이었다. 이 만남이 전적으로 우연이라는 듯이. 그런데 두 사람은 이 우연이 얼마나 기뻤던지 그날 내내 산책을 함께 다녔다. 하지만 그날 그의 기쁨을 망쳐버린 건 귀찮게 따라붙은 수다스러운 여자가 아니라 클라우스라는 이름의 볼이 통통한 남자아이였다. '밤의 주인'은 자기 아들에게는 한 번도 드러내 보이지 않았던 관심과 애정을 그 아이에게 쏟아부었다.

커다란 공룡이 뒷발로 선 채 잎이 무성한 나무들 쪽으로 머리를 돌리고 있던 모습이 그의 눈에 선하다. 나뭇잎들 너머로 한 건물 정면 박공에 기旗가 꽂혀 있던 모습도. 의사 둥켈탈의 유니폼을 장식한 십자 문양과 똑같은 구부러진 검은 십자가가 커다랗게 그려진 깃발이었다.

밉살스러운 통통한 아이가 아버지의 어깨나 무릎 위에 올라앉아 있고 자신은 또 한 차례 멀찌감치 밀려나 있는 장면이 떠오른다. 기린, 곰, 코끼리, 들소, 그리고 나무와 바위, 새 사육장들도 떠오른다. 캥거루들이 무사태평하게 모로 누운 모습도 보인다. 그중 몇몇은 붉은 털북숭이 인간처럼 한쪽 앞발을 팔꿈치처럼 괴고 있다. 작고 멍한 눈에다 마치 귀만 움직일 수 있는 것처럼 보이는 검은 물소 한 마리가 비탈에 꼼짝 않고 앉아 있는 모습도 보인다. 사자는 잠시도 쉬지 않고 우리 속을 오간다. 불손한 참새들이 동물들이 갇혀 있는 우리 속을 마음대로 유유히 드나드는 모습도 보인다. 바로 그때 작은 생쥐 한 마리가 느닷없이 산책로를 가로지르다 그곳을 지나가던 우아한 여자들을 놀라게

한다. 야수들을 보면서도 전혀 놀라지 않던 아버지의 여자친구도 놀란다. 그러나 하나같이, 원통함과 분노의 눈물에 가려 흐릿하게 떠오르는 장면들이다.

반면 아가리가 찢어질 듯 하품을 해 아버지와 여자친구를 몹시 즐겁게 해주었던 새끼 하마는 똑똑히 기억한다. 아가리가 벌어진 새끼 하마의 이름 크나우츠케도 함께. 아버지가 속삭이듯 불렀던 그 코흘리개의 이름 클라우스와, 어미의 두루뭉술한 배에 기대 뒹구는 그 짐승의 이름을 머릿속에 한데 묶어, 아이의 이름을 클라우츠케라 새겨두었기 때문이다.

그곳에 다녀오고 몇 주 뒤, 베를린은 폭격을 당해 동물원의 동물 대다수가 죽었다. 클라우츠케와 그 어머니도 짐승들과 같은 운명을 맞았을까?

유럽만 이런 비극과 폭력을 겪은 것은 아니다. 미국은 물론 전세계가 혼란의 도가니에 빠진다. 케네디 대통령이 암살당하고, 베트남전이 장기화되며, 대도시마다 흑인 구역에서 폭동이 일어나고, 잇달아 마틴 루서 킹이 광신자의 총탄에 맞아 쓰러진다. 그와 동시에 시대의 흐름에 저항하는 움직임이 일어난다. 혼돈의 음악을 배경으로, 지금까지와는 다른 방식으로 살고자 하는 완강한 열정이 머리를 쳐든다. 고정관념에서, 전쟁의 수렁에서, 판에 박은 듯 비루한 숨막히는 일상에서 벗어나고자 하는 열정이다. 메이는 이 모든 조류에 몸을 던진다. 변화의 약속이 꿈틀대며 떠오르는 곳, 시대의 맥박이 가속화되는 곳 어디에나 가 있다. 마틴 루서 킹은 암살당하기 몇 해 전 "I have a dream"이라는 말을 송독처럼 되뇌었는데, 중단된 이 꿈을 그녀는 재빨리 포착한다.

그녀는 언제나 중력에 저항하며 서둘러 꿈을 현실로 만들고 싶어했다. 그래서 열다섯 살에 이미 어머니 노라의 돌이킬 수 없는 원한을 사기도 했다. 당시 그녀의 부모는 몇 년째 마음이 맞지 않는 상태였고, 아버지 라조스는 그녀의 가족과 잘 알고 지내던 주디스 에번스라는 여자와 관계를 맺고 있었다. 그걸 모르는 사람은 없었지만 저마다 체면치레를 하느라 모르는 척했다. 그러던 어느 날 아버지가 병에 걸렸다. 남편이 그렇게 갑작스레 병이 나자 노라는 걱정에 앞서 오히려 희열을 느꼈다. 그처럼 방에 갇혀 있으면 애인을 볼 수 없을 테니 말이다. 병세가 점차 악화되는 라조스를 병원으로 옮기는 편이 나았겠지만 노라가 반대했다. 그녀는 남편이 집에서 가족과 함께 있는 것이 낫다고 주장했다. 그러면서 '가엾은 남편'을 더없이 헌신적으로 돌보는 모습을 보였다. 그런데 이 눈물겨운 헌신은 잔인한 것이기도 했다. 그녀는 남편을 간호하는 데 힘을 쏟기는 했지만, 그보다는 그를 격리시키는 데 더 많은 공을 들였기 때문이다. 아버지가 쉬고 있는 방에는 딸조차 마음대로 들어가기 어려웠다. 아버지를 피곤하게 하면 안 된다는 이유였다.

아버지는 쉬고 있는 게 아니라 서서히 죽어가고 있었다. 그처럼 죽음을 눈앞에 둔 순간에도 그는 주디스를 보고 싶어했다. 보게 해달라고 애원했다. 노라는 그의 얼굴을 부드럽게 닦아주고 마실 것을 가져다주고 손을 쓰다듬으며, 몹시 염려하는 목소리로 같은 말만 반복했다.

"아무 말도 하지 마요, 라조스. 가만히 있어요, 내가 돌보니까, 아무 일도 없어요……"

마지막에 이르러 그가 숨넘어가는 목소리로 주디스라는 이름을 부를 때조차 그녀는 태연한 표정으로 대답했다. "여보, 저예요"라고.

주디스 에번스는 병문안을 핑계로 두 차례 집으로 찾아왔다. 노라는 나무랄 데 없는 예의를 갖추어 그녀를 맞았다. 그리고 차 한 잔을 앞에 놓아둔 채 그녀의 몸짓 하나 눈길 하나까지 재고 계산하며 고문을 가했다. 어리석고 무미건조하며 상투적인 문장들로 이루어진 대화는 신경질적인 침묵으로 간간이 끊기곤 했는데, 그 역시 구역질나는 고문이었다. 첫번째 방문 때 주디스는 라조스의 상태가 얼마나 심각한지 모르는 채 그를 보게 되기를, 그가 방에서 내려오기를 기대했다. 증오의 대상을 마침내 자기 마음대로 할 수 있게 된 노라는 상대방의 소망을 염탐하다가 몇 마디 말로 그 기대를 산산조각내버렸다.

"안 될 말씀이에요, 잠이 들었거든요. 그는 아무도 만나고 싶어하지 않아요."

두번째 방문 때 주디스는 용기를 내어 바라는 바를 털어놓았다.

"그를 봤으면 해요……"

노라는 천천히 차 한 모금을 마신 뒤 조심스레 찻잔을 내려놓았다. (거실의 침묵 속에서 주디스 에번스의 점점 빨라지는 심장 박동 소리가 희미하게 들려왔다.) 그리고 침통함이 가득한 우아한 미소를 지으며 상대에게 마지막 일격을 가했다.

"이젠 너무 늦었어요. 더이상 아무도 알아보지 못하니까요. 아무튼 와주셔서 고마워요."

이렇게 말한 다음 그녀는 몸을 일으키며 상냥함을 잃지 않은 목소리로 덧붙였다.

"배웅해드릴게요."

주디스도 창백한 얼굴로 일어섰다. 입술이 떨리고 있었다. 바로 그 순간, 그 장면을 지켜보던 메이가 끼어들었다.

"이리 오세요."

메이가 주디스 에번스의 손을 잡고 말했다. 메이는 어머니가 미처 손을 쓰기도 전에 주디스와 함께 거실을 빠져나와 문을 잠근 뒤 층계를 올랐다. 그리고 아버지의 방에 그가 사랑하는 여자를 들여보냈다.

"I have a dream." 꿈은 현실로 들어오기 위해 있는 것이다. 여차하면 현실 안으로 난폭하게 들이닥칠 수도 있다. 꿈은 현실이 비루함과 추함과 어리석음의 진창에 빠져들 때, 이 현실에 빛과 에너지와 참신한 무언가를 불어넣기 위해 존재한다. 사랑의 공포에 사로잡힌 여자의 심장박동 소리가 메이 안에 지칠 줄 모르는 활기와 대담성은 물론 속박으로부터 완전히 벗어나겠다는 의지를 촉발한 것이다.

속창

"언젠가 남쪽에서 진짜 영웅들을 알아보게 될 것입니다. (…) 앨라배마의 몽고메리에서 인간의 존엄성을 지키기 위해 분연히 일어섰던 일흔두 살의 이 여성이 대변하는, 억압당하고 학대받는 늙은 흑인 여자들을 말입니다. 동족과 함께 그녀는 차별대우를 하는 버스에 오르지 않기로 결심했지요. 그러면 피곤하지 않겠느냐는 질문에 그녀는 문법에 맞지 않는 심오한 말로 답했습니다. 'My feets is tired. But my soul is at rest(내 발은 피곤하겠지요. 하지만 내 영혼은 편안할 겁니다)'라고."

마틴 루서 킹, 「버밍엄 감옥에서 보낸 편지」
1963년 4월 16일

"당신은 모를 겁니다
죽어가는 사람의

심장박동 소리에

귀기울이지 않았던 당신은."

샤를로트 델보, 『쓸모없는 지식』

단장 15

역사만 반복되는 것은 아니다. 가족사 역시 반복된다. 역사와 가족사 모두 이 반복에 다양한 뉘앙스와 작은 변화가 가미되어 중언부언의 결과를 어느 정도 피해 갈 수 있게 된다. 메이는 이십오 년 전 현재 자신의 나이였던 아버지의 생명을 한 달 만에 앗아간 병에 걸린다. 그녀의 병 역시 그렇게 빨리 진행되어, 단 며칠 만에 그녀는 기력이 다해 자리에 눕고 만다. 병은 그녀의 가슴을 압박해오고 옴짝달싹할 수 없는 지경으로 내몬다. 마그누스는 그녀의 머리맡을 떠나지 않고, 테런스도 한발 물러나 그녀를 간호한다. 그러나 죽음이 며칠이 아닌 몇 시간 앞으로 다가와 있음을 깨달은 메이는 마그누스에게 방에서 나가달라고, 그리고 테런스를 불러달라고 부탁한다.

그녀는 테런스에게 문을 닫고 침대로 와 자기 곁에 누우라고 말한다. 바로 그의 품안에서, 그녀는 죽기를 원한다. 그녀가 한 번도 벌거벗긴 적이 없는 몸, 한 번도 껴안거나 어루만진 적이 없는 그 몸에 기대어. 그녀의 욕망이 다가설 수 없었던 남자, 남편인 동시에 오라비요 정신적인 동지였던 남자의 그 부드럽고 고요한 몸만이, 그녀가 순순히 항복하고 공포나 분노 없이 미지의 죽음으로 건너가도록 도울 수 있다. 애인의 몸에 기대서는 그럴 수 없을 것이다. 끔찍한 고통을 느끼고 저항하고 싶어질 것이다. 그녀는 이 불가피한 현실을 인정하며 죽음과 맞대결하고 싶다. 자신의 죽음을 존중하고 싶다.

테런스는 그녀 곁에 몸을 누이고 천천히 그녀를 감싸안는다. 두 사람의 얼굴이 맞닿는다. 서로의 눈이 너무 가까워 속눈썹이 스치고 시선이 뒤섞인다. 더는 아무것도 보이지 않는다. 덤불 한가운데서 작은 빛의 웅덩이처럼 떨리는 섬광 하나를 알아볼 뿐이다. 그들은 이것이 재미있다. 그러나 메이는 웃을 힘이 없어 미소만 짓는다. 그들의 미소도 뒤섞인다. 숨결 역시. 그들은 아무 말도 하지 않는다. 더이상 할 말이 없거나 할 말이 너무 많은 것이지만, 이 순간 그 둘은 마찬가지다. 시간 밖에서, 욕망 밖에서, 헐벗은 사랑으로 그렇게 서로 몸을 바싹 붙이고 있으니 편안하다. 두 사람의 암묵적인 동조가 그렇게까지 치밀하고 광범위하며 환하게 빛을 발했던 적이 없다. 그들은 절대적인 신뢰로 서로에게 자신을 내맡긴 채 자아를 망각하는 경이감에 젖는다. 서로를 향해, 세상 속에서, 그렇게까지 뚜렷이 존재해 있음을 느낀

적이 없다. 이제는 세상 한복판이 아닌 그 문턱에서.

테런스는 자신의 속눈썹 끝에서 떨리는 작은 빛의 웅덩이가 흐려지는 것을 본다. 자신의 숨결과 하나가 되어 속삭이던 숨결이 잠잠해지는 것을 느낀다. 그래도 그는 움직이지 않는다. 메이의 얼굴을 양손으로 꼭 감쌀 뿐이다. 한참 동안 그 자세로 머무른다. 무한한 사랑이 되어버린 침묵 속에서 한참 동안.

메이는 자신의 죽음을 존중했다.

마그누스는 방 밖에서 기다린다. 다시 들어갈 생각은 하지 않았다. 시간이 흐르면서 그의 내면에 커다란 공허가 자리잡는다. 아무 생각도 하지 않으며, 아무것도 느끼지 못한다. 자신의 육신 속에서 조용히 일렁이는 이상한 냉기만 감지할 뿐이다. 그는 태연하지도 조바심하지도 않으며 그냥 그렇게 있다. 사막 위에 쳐진 줄 한복판에 정지해 선 외줄타기 곡예사처럼. 균형을 유지하려면 꼼짝도 하지 말아야 한다.

테런스가 마침내 방에서 나온다. 그는 아무 말이 없으며, 표정에서도 딱히 감정을 읽어낼 수 없다. 그는 마그누스에게 천천히 다가와 두 손으로 마그누스의 얼굴을 감싼다. 방금 전 메이의 얼굴을 감쌌듯이. 마그누스는 눈을 감는다. 이 접촉을 통해 메이가 그녀 자신의 죽음을 전하게 한다. 한 차례 가벼운 스침으로 그에게 작별을 고하게 한다. 사자使者의 손바닥에서 그녀의 온기를 느끼고, 그 감촉에서 메이의 살결을 찾아낸다. 테런스의 손에 메이의 숨결과 미소가 배어 있다. 그는 사자의 두 손을 자신의 귀에 갖다댄다. 그러자 사랑했던 여인의 심장박동 소리가 들려온다. 사랑을 나눈 뒤 그녀의 가슴과 배에 머리를 기댄 채 잠들 때 들려오던 소리다.

메이의 시신은 그녀의 소원대로 화장되어 바람에 산포된다. 하늘에서 이 산포 의식을 치르기 위해 테런스는 열기구를 빌려, 마그누스와 스콧을 비롯해 부부와 가깝게 지냈던 친구들을 태운다. 그들 모두 메이가 좋아하던 색인 보라와 초록 톤의 옷을 차려입는다. 테런스는 메이가 좋아하던 헝가리제 살구주인 바라크 팔린카 한 병을 따서 작은 잔에 따른 다음 한 사람 한 사람에게 건넨다. 모두가 그녀를 추모하며 잔을 비우는 동안 그녀의 재는 단지에서 빠져나와 허공에 흩어진다. 은회색 구름이 잠시 떠돌다가 대기는 금세 다시 투명해진다.

이렇게 한 생명이 스러진다. 그렇게 열심히 움직이던 몸, 웃고 말하고 외치는 소리로 메아리치던 몸, 무수한 계획과 지칠 줄 모르는 욕구에 이끌리던 몸이 창백한 한 줌 재가 되어 바람에 용해된다.

메이는 바람과 허공을 무덤으로 택했다. 그런데 이 허공이 마그누스를 둘러싸고 아가리를 벌리고, 눈물이 날 만큼 반들거리는 푸르고 흰 하늘의 심연 속으로 현재가 빠져든다. 천천히 표류하는 곤돌라 안에 선 마그누스는 대기로 빠져들어가는 무거운 새가 된 느낌이다. 어디서 왔는지, 어디로 가는지도 모르는 새. 그에게 지평을 열어 보이며 미래를 향해 다시 걷게 했던 여자가 사라져버린 참이다. 난데없이 엄청난 냉기와 열기가 동시에 느껴진다. 여러 감각이 뒤섞이면서 얼어붙은 불길이 심장 한복판에서 타올라 사지에서 일렁이더니 척추를 타고 흐르며 머릿속에서 소리 없이 폭발한다. 함부르크의 그 여름밤 고모라 작전이 펼쳐지던 시각, 그의 어머니였다고 여겨지는 여자가 갑자기 그의 손을 놓아버리고 죽음과 함께 춤을 추던 그때와 똑같이. 입안에 그때와 똑같은 무無의 맛이 느껴지고, 육신 속에 그때와 똑같은 공포와 고독의 앙금이 형성된다. 그는 사랑하는 아내를 잃은 홀아비가 아니라, 연인과 공모자를 잃은 남자다. 홀아비는 테런스다.

얼어붙은 불길이 그의 머릿속을 훑고 지나가자 사고가 눈을 뜬다. 그는 자신이 제기한 질문에 당황해 생각한다.

'메이는 날 사랑했을까? 나는 그녀를 사랑했나? 내가 누군가

를 사랑한 적이, 정말로 사랑한 적이 있을까? 아니면 그 모두가 환상에 지나지 않았던 걸까?'

그는 알 수가 없다. 더는 아무것도 알 수 없고, 모든 것을 의심하며, 자신조차 의심한다. 이제는 메이를 잃었다는 생각보다 그녀와 함께하며 갖게 된 새로운 정체성을 잃었다는 사실이 더욱 뼈저리게 와 닿는다. 그렇다, 고모라 작전이 감행되던 그 시간처럼 그는 원점에서 다시 시작해야 한다. 그러나 이번에는 망각으로 비워진 원점이 아니라 기억들로 빽빽이 채워진 원점이다.

속창

양방의 기다림

별 하나가 나를 내려다보며 말한다.
"여기 있는 나, 그리고 너,
우리는 각자 자기 자리를 지킨다.
넌 무엇을 하려고 하지?
무얼 할 거지?"

나는 말한다. "내가 아는 한,
기다려야지. 내 차례가 올 때까지,
시간이 흐르도록 내버려두는 거지. 그거야."
별이 말한다. "나도 그래.
나도 그래."

토머스 하디, 「양방의 기다림」

단장 16

메이가 살아생전 한 번도 생각해보지 않은 일, 그러니까 테런스를 그가 빠져 있던 연인에게서 돌려세우는 일이 그녀의 죽음과 함께 자연스레 닥쳤다. 유골을 뿌리는 의식이 있고 얼마 뒤 스콧은 테런스와 갈라선다. 연인을 향한 모든 욕구가 갑자기 사라지는가 싶더니 성 불능 상태가 되어버린 것이다. 테런스의 몸을 건드리는 게 불가능했을 뿐 아니라 그 몸에 접근하기도 어려웠다. 마치 메이가 그의 몸안에서 죽어가며 그의 살갗에 자신의 죽음을 한 조각 내려놓은 것 같았다. 빛과 침묵 속으로 스러져간 자신의 얼굴을 그의 눈 속 깊숙이 그대로 새겨넣은 듯했다. 그의 살결과 체취가 달라졌다고, 특히 시선이 변했다고 스콧은 말한다. 지독히 역겨운 무언가가 테런스를 둘러싼다. 몹시도 교활하고 전염성 강한, 견딜 수 없는 죽음의 역겨움이다.

테런스도 스콧을 붙들려 하지 않는다. 메이가 그를 버려두고 간 체념 상태에 서서히 빠져들어간다. 그는 이상하리만큼 매사에 무관심해진다. 모든 이에게, 그리고 자기 자신에게조차. 그런

초연함 속에서도 더없이 정중하고 예의바른 태도를 잃지 않는다. 체념의 극단으로 기울지 않기 위해, 너무 빨리 굴복하지 않기 위해서인 듯. 그리고 이제까지 사람들을 매료했던 똑같이 세련된 방식으로 사람들 시야에서 벗어난다.

마침내 그는 완전히 사라지고 만다. 어디로 칩거했는지 아무에게도 암시를 주지 않은 채.

그러자 고독이 마그누스를 에워싸고 조여온다. 아니, 나팔 모양으로 아가리를 벌린다는 표현이 적절할지 모르겠다. 꿈을 서둘러 현실로 만들며 그를 황홀케 했던 여자가 사라지면서 모든 꿈과 욕구도 함께 가져가버린 것이다. 이제 맛도 광채도 없는 날들이 이어질 뿐이다. 그는 이제 여행을 다니지 않는다. 공연이나 연극, 전람회를 찾아다니는 일도 그만둔다. 번역가로서 갖는 관심 분야도 방향을 틀어 예술보다는 역사 쪽으로 기운다. 실제로 역사는 탐구할 거리가 무궁무진한 분야이기도 하다. 결국 마그누스는 유럽을 떠나면서 달아나고 싶었던 대상으로 자신도 모르게 되돌아와 그 안에 틀어박힌다. 아직 생생하게 기억되는 유럽의 근대사와 전쟁사, 특히 마지막 대전에 관심을 갖는다.

마치 유년기와 청년기에 그를 쫓아다녔던 옛 마귀들이 대서양 건너편에서 몰래 따라온 것 같았다. 지구 정반대 편에서 보낸 지난 십 년 동안—그가 새로운 것들과 자유에 취해 마음껏 떠돌아다녔던 그 시기 동안—긴 동면에 들었다가 시간이 되자 깨어나 은밀한 공격을 개시한 것 같았다.

그는 미국 전역의 박물관이나 화랑, 극장, 카바레를 비롯해 언더그라운드 예술 활동이 이루어지는 장소를 찾아다니는 데 쏟았던 열정을 이제 도서관의 정적 속에서 고문서와 사료를 뒤적이는 일에 쓴다. 그의 시대에 저질러진 더없이 야만적인 행위들에 대해, 희생자는 물론 가해자들에게서도 다양한 증언을 들으며 대화를 이어가려 시도한다. 특히 그가 어린 시절을 보낸 땅에서 저질러진 행위들에 집중하면서. 번역가는 이제 역사가가 된다. 아니, 수많은 질문들로 괴로운 그의 양심, 오직 이 양심에게 해명할 책임을 떠맡은 아마추어 탐정이라고 하는 편이 옳을지 모르겠다.

하지만 너무도 쉽사리 악과 한패가 되는 인간의 광기라는 미로 속에서 탐정은 길을 잃는다. 악과 선, 악과 의무를 혼동하는 인간의 어리석음이라는 심연 앞에서 휘청거린다. 그들은 온순한 열의를 바쳐, 아무 양심의 가책도 없이, 더없이 수치스러운 일들을 완수한 것이다.

런던에서 보낸 날들의 추억이 서서히 그의 머릿속에 다시 떠오른다. 메이의 연인이 되고 테런스와 스콧과의 우정이 지속되던 내내 그는 이 불편한 추억을 멀리했다. 스스로가 침입자처럼 여겨졌던 슈말커가의 엄격한 분위기 속에서는 한 번도 꿈꿔보지 못한 삶의 맛을 그는 글리너스톤즈 부부와 함께하며 발견했다. 그런데 이 삶이 갑자기 맛을 잃고 무미건조해지고 만 것이다. 아니, 몹시 떫은맛으로 변했다고 하는 편이 낫겠다. 일체의 욕구를 망가뜨리고 기쁨에서 쉰내가 나게 하는 이 초상初喪의 맛을 오랫동안 곱씹어야 할 것임을 그는 짐작할 수 있다. 그리하여 그는 로타르와 하넬로레를 다시 생각해낸다. 어쨌거나 그에게 새로운 출발의 첫 기회를 주었던 사람들이 아니던가. 그의 가짜 부모가 자신들의 범죄를 피해 달아나다가 서글픈 죽음을 맞아 파멸해버린 뒤에.

시간이 흐르면서 그는 하넬로레가 자신에게 드러냈던 거리감을 차츰 이해하게 된다. 로타르가 오랫동안 고수한 거짓도 마침내 이해한다. 누이가 자기 것으로 만들어 자기 마음대로 키운 아이, 고모라 작전의 생존자인 이 아이에 대해 알고 있는 것을 아무에게도 말하지 않기로 결심하면서 로타르는 큰 대가를 치른게 틀림없다. 그는 자기 삶의 중심에 있는 말 없는 심연—믿기지 않는 말들, 잘 들리지 않는 말들이 회오리바람처럼 윙윙대는 심연—과도 같은 하느님과 마주해 양심의 전쟁을 홀로 치른 것이다.

메이 앞에서 마그누스는 하느님의 문제를 들먹인 적이 한 번도 없었다. 그녀에게 이 문제는 너무도 자명한 것이어서 부정否定이 전부였으며, 절대적인 무無만이 존재했다. 그녀가 보기에 모든 종교는 이 공허를 미화하거나 장식한 것에 지나지 않았으며, 그 방식이 다소 거칠거나 세련되다는 차이는 있을망정 현기증이 날 만큼 엄청난 이 공허를 은폐하는 데 하나같이 몰두하고 있었다. 땅과 우주, 인간의 삶이라는 것도 기이한 우연의 열매일 따름이다. 탐스럽지만 독이 든 열매들이다. 그녀가 인정하는 '신성한 목소리'는 오로지 살아 있는 자들의 심장에서 들리는 어렴풋한 박동 소리뿐이었다. 환희에 찬 삶의 시간, 어두운 고뇌의 시간, 기쁨으로 환히 빛나는 순간에 믿기지 않을 만큼 낭랑하게 울려퍼지는 소리였다.

그녀는 죽음이 임박한 시점에 마그누스에게 이 빛나는 순간들의 추억만을 남겨주기 위해 그를 방에서 쫓아낸 것일까? 아니면 테런스의 사랑이 그 무엇보다 그녀에게 가깝고 소중했기 때문일까? 상공에서, 하늘의 푸르스름한 냉기 속에서 작별을 고하던 그날 그의 내면에서 싹튼 의문이 쉴새없이 그를 괴롭힌다. 그들 두 사람의 관계는 그가 생각했던 것만큼 강하고 자유롭고 빛나는 것이었을까? 나는 그녀가 기대한 만큼 그녀를 사랑했던 걸까? 아니, 한 번이라도 누구든 진정으로 사랑할 수 있었던가?…… 고모라 작전이 있던 밤에 어린 시절을 유괴당하며 사랑의 능력까지 몽땅 잃어버린 게 아닐까? 어머니를 휘감던 불길 속에 반쯤 탄 심장만 남아 있는 건 아닐까? 공포와 눈물과 혼란이라는 소금의 결정체인 심장만…… 의혹이 일어 그의 존재 전체로 퍼지며 그를 갉아먹는다.

그런데 혼란이 극에 달한 순간 그는 자문해본다. 첫번째 유괴에 잇따른 두번째 유괴가 없었던들 자신이 이렇게까지 의혹에 사로잡혔을까 하고. 테아와 클레멘스 둥켈탈, 미친 여자와 암살자, 이 두 사람이 세심하게 실행에 옮긴 두번째 유괴는 첫번째처럼 난폭하지는 않은, 부드러움과 상냥함이 깃든 달착지근한 것이었다. 사람들이 우리에게 그토록 엄청난 거짓을 주입했다면, 어떻게 모든 것을, 심지어 자기 자신마저 의심하지 않을 수 있겠는가?

그렇게 과거의 마귀들이 다시 그를 공격한다. 수개월에 걸쳐 점점 더 집요해지더니 그를 완전히 장악하고 만다. 결국 그는 십이 년간의 부재—부인否認은 아니더라도—를 뒤로하고 유럽으로 돌아가기로 마음먹는다.

반향

“마그누스?…… 마그누스가 누구죠?” 메이가 물었다.

마그누스는 털이 닳아 해질 대로 해진 보통 크기의 곰인형이다. 군데군데 오렌지빛이 감도는 연한 밤색 털이다. 마그누스한테서는 살짝 눌은 냄새와 눈물 냄새가 난다.

무엇보다 눈이 특이하다. 미나리아재비 화관 모양에 조금 퇴색한 금빛이 감도는 두 눈은 놀라움으로 흐려진 부드러운 시선을 보내온다.

마그누스는 어깨가 딱 벌어지고 얼굴이 투박한, 중키의 삼십대 남자다. 그에게서는 강한 힘과 피로의 기색이 느껴진다.

이따금 노란 호박색으로 변하는 그의 금갈색 두 눈은 어두운 눈구멍 깊숙이 박혀 독특한 시선을 빚어낸다. 보초를 서는 몽상가의 시선이랄까.

"여기 있는 나, 그리고 너,
우리는 각자 자기 자리를 지킨다.
넌 무엇을 하려고 하지?
무얼 할 거지?"

"그런데 메이는 어떻게 되었을까? 코말라에 남아 있는 걸까?"

"새벽의 검은 우유……
우리는 공중에 무덤을 판다……"

단장 17

“언젠가 네가 돌아오리라 믿었다. 탕자처럼 아무 예고도 없이. 수년간 소식을 전혀 듣지 못했지만…… 네가 이런저런 삶을 살고 있겠거니 상상해보았지. 네가 마음의 평화를 찾았기를 기대했다. 그리고 용서했기를.”

이렇게 로타르는 그에게 독일어로 말한다. 수년간 입에 담지 않았던 이 언어가 마그누스의 귀에 낯설게 울려온다. 단어들이 마치 안개와 서리로 뒤덮인 듯, 까칠까칠한 외피에 싸여 멀리서 들려온다. 문득 테아가 곰인형의 얼굴에 꿰매넣었던 다이아몬드, 잿빛 눈물의 불순물로 덮여 있던 그 다이아몬드가 생각난다.

그가 전에 말하던 언어의 단어들이 목구멍 깊은 곳에서 꿈틀대며 웅얼대기 시작하더니 덩어리로 엉겨 굳어진다. 아름다움이 흐려지고 금이 간 어휘들의 덩어리다. 이 덩어리를 용해시켜 단어들을 떼어놓을 도리가 없다. 목구멍이 아프고 입안이 마른다. 그는 로타르에게 영어로 대답한다. 얼버무리듯 대답한다. 그가 유럽에서 멀리 떨어진 그곳에서 찾아낸 것은 마음의 평화라기보다 강렬하고도 새로운 기쁨이었는데, 그것이 갑자기 산산조각나더니 그를 혼돈 속으로 밀어넣어 텅 빈 소리가 나는 내면에서 방황하게 만든 것이다. 용서라면, 언젠가는 가능할지도 모르는 일이라 상상해본다. 테아가 저지른 도둑질과 속임수, 그의 어린 시절을 망쳐버린 그런 행위들을 언젠가는 용서할 수 있을지도. 그러나 클레멘스 둥켈탈까지 용서할 수 있으리라고는 생각할 수 없다. 그의 범죄를 두고는 어떤 변명도, 관용도 용납되지 않았다. 게다가 그 자신은 학살에 가담한 의사가 기세를 떨치던 수용소에서 저질러진 범죄의 희생자도 아닌 만큼, 그 희생자들을 대신해 용서할 권리도 없다.

집에는 로타르 혼자다. 하넬로레는 얼마 전 늦둥이 다섯째 아이를 낳은 큰딸 에리카를 도우러 딸 부부가 사는 리버풀에 가고 없다. 요나스라는 이름의 이 아이는 하넬로레 부부의 첫 외손자이기도 하다. 한편 둘째 딸 엘제 부부는 쌍둥이 딸 도리스, 클라라와 함께 런던에서 살고 있다. 로타르의 집 주방 벽에는 에리카와 엘제가 각기 결혼식 날 찍은 사진을 비롯해 외손녀 여섯 명의 사진도 걸려 있다. 세 살부터 열다섯 살까지의 아이들은 하나같이 통통한 금발에 웃음을 머금은 얼굴들인데 미리암 한 명만 예외다. 갈색 머리의 호리호리한 이 소녀는 주먹을 쥔 뻣뻣한 차려

자세를 취하고 있다. 마그누스는 에리카의 맏딸인 미리암을 요람에 누운 아기였을 때 보았다. 난생처음 본 갓난아이였다. 그는 몸을 수그리고 아이를 내려다보며 큰 동요를 느꼈다. 아기 때부터 이미 단단히 움켜쥐어져 있던 두 주먹을, 개구리처럼 찡그린 얼굴을 그는 기억한다. 방대하고도 막연한 지식, 삶의 신비에 대한 지식을 가진 것처럼 보이는 몹시 늙은 현자의 모습이었다. 이 여자아이 앞에서 그는 망각이 집어삼킨 자신의 유년기에 대한 상상에 얼마나 깊이 사로잡혔는지 모른다.

모성애의 흔적이 그의 존재 밑바닥에 항시 잠들어 있다. 미소와 감미로운 말들, 어루만지는 손길과 빛나는 시선의 흔적이. 그러나 테아가 그 원천은 아니다. 고모라 작전의 잔해 아래 묻힌 그 흔적들이 다시 그를 괴롭힌다. 혀에서 끈질기게 맴돌며 끝내 떠오르지 않는 이름처럼. 머릿속에서 윙윙대지만 단 한 음도 입 밖으로 새어나오지 않는 어떤 익숙한 선율처럼.

로타르는 미리암이 그림과 조각에 뛰어난 재능을 보인다고 말한다. 그러나 이런 예술적인 열정에 모든 에너지를 쏟아붓느라 학업을 소홀히 해 부모와 종종 갈등을 일으킨다고. 그는 마그누스에게 미리암이 최근에 만든 소형 입상 두 개를 보여준다. 그중 하나는 상체를 곧추세우고 두 팔을 머리 위로 들어올려 엉클어진 해초 같은 머리털 속에 두 손을 집어넣은 어린 세이렌의 형상이다. 다른 하나는 호리호리한 남자의 입상인데, 팔과 발을 대신하는 새의 발에다 두루미의 부리를 한 남자는 눈에 보이지 않는 장애물을 뛰어넘으려는 모습이다. 미리암의 손가락에는 분명 굉장한 재능이 깃들어 있다. 무엇보다 그러쥔 양손에 힘과 분노가 가득 담겨 있다.

슈말커가의 집에서는 시간이 슬로모션으로 조심스레 미끄러져가는 듯한 인상을 준다. 그곳은 언제나 질서정연하고, 청결하기 이를 데 없으며, 깊은 정적이 감돈다. 마그누스는 아담이라는 이름으로 이곳에서 지낼 당시에는 이런 것들이 구속으로 여겨져 어떻게든 달아나고 싶었다. 그러나 이제는 이 집의 조용하고 경건한 분위기를 높이 평가한다. 학문의 집 같은 분위기의 이 집에서는 삶 자체를 포함해 세상에서 일어나는 다양한 사건과 신문과 책, 세상 사람들의 생각과 느낌 모두가 지속적인 이해의 노력과 반성의 일상적인 대상이다.

시간은 로타르를 가만 놓아두지 않았다. 시간은 천천히, 깊숙이, 그의 몸속으로 파고들어 기력을 앗아갔다. 몸에 살이 붙고 피부에 주름이 생겼으며 허리도 굽기 시작했다. 흰머리가 생기고, 다소 흐릿해진 목소리가 광막한 정적 위로 흐른다. 시간은 무엇보다 그의 눈에 윤기가 돌게 했다. 빛방울들이 삽입된 듯한 두 눈이 창백한 청회색 수정처럼 맑게 빛난다. 상대에게 시선이 가 닿을 때마다 그 빛나는 안구 속에 상대를 가두고 애무한다.

로타르는 대화를 시작한 뒤로 미뤄두었던 질문을 마그누스에게 던진다. 그가 신자인가 하는 질문이다.

"제 자신과 타인에게 믿음을 갖는 것조차 어려운걸요."

이런 우회적인 답변에 로타르는 미소로 대꾸한다. 하느님에 대한 믿음은 사람에 대한 믿음만큼이나 고통스럽고 모험이 필요한 행위라고. 날마다 새롭게 갱신해야 하는 이 사고와 마음의 행위는 어떤 확실성과 지식에도 기댈 수 없으며, 어떤 안식도 기대할 수 없다고.

마그누스는 아버지의 집을 방문한 엘제와 재회한다. 그녀는 처녀 때와 다름없이 여전히 쾌활하다. 거실에서 그녀와 이야기를 나누고 있으려니, 한때 자신이 사랑했던 페기 벨이 생각난다. 바로 이 거실에서 그녀에게 도둑 키스를 한 뒤로 어이없이 사랑에 빠져버렸다. 그는 엘제에게 그녀의 소식을 묻는다.

"아, 페기……"

엘제는 갑자기 비통한 표정으로 말한다.

"요즘은 가끔씩밖에 못 봐. 팀이 죽은 뒤로 너무 많이 변해서……"

"팀이라고? 그게 누군데?"

"남편 티모시 말이야. 작년에 죽었어. 두 사람이 휴가를 보내던 켄트에서 팀이 산책을 하다가 절벽에서 떨어졌어. 사고 당시 페기는 곁에 없었기 때문에 그 광경을 목격하지는 못했지. 몇 시간 뒤 바위 위에서 팀의 시신이 발견되고서야 그 사실을 알았어."

"그래서 어떻게 됐지?"

"페기한테 무슨 일이 생긴 건지 모르겠어. 행동을 예측할 수 없거든. 몇 주 동안 사라졌다가 예고도 없이 다시 나타나곤 해. 겨우 연락이 닿아도 페기가 무슨 생각을 하고 있는지 도무지 알 수가 없어. 마음을 꼭꼭 닫아걸고 있는데다 말이 거의 없으니까…… 그렇게 다정다감하고 말이 많던 애가…… 페기가 영국을 떠나고 싶어한다는 것만 알아. 이곳에서는 더이상 살 수 없다고 하더라고. 이 나라 구석구석에 팀의 환영이 떠돈다는 듯이, 다른 곳으로 떠나야 마침내 잊어버릴 수 있다는 듯이 말이야. 그애를 더이상 이해 못하겠어……"

페기를 달아나게 만든 이 불행을 전해 듣자 마그누스는 자신이 겪은 과거의 혼돈이 느닷없이 되살아나는 듯하다. 메이의 죽음이 초래한 고통과 정신적인 균열로 인해 그 역시 불안정한 상태에 빠져 도망치지 않으면 안 되었으므로. 그는 자신이 런던에 다시 정착할 생각이 없음을 깨닫게 된다. 언제 어디로 다시 떠나게 될지는 모르지만 이곳은 잠시 머물다 가는 장소에 불과하다는 것을. 로타르가 영위하는 조용한 정착자의 삶이 그에게는 불가능하지만 세상 자체를 학문의 집으로 삼을 수도 있지 않을까. 아무리 산산조각나 비틀거리는 학문이라 할지라도.

반향

"내가 예쁘니?" 페기 벨이 물었다.

열일곱 살의 그녀는 아름다웠다. 왼뺨에 패는 보조개, 주근깨가 박힌 피부. 그리고 살짝 사시인 듯한 담녹색 두 눈은 꿈꾸는 듯하면서도 반항적인 분위기를 띠었다.

그리고 등황색 금발.

열일곱 살 그녀는 천진난만함과 교활함이 뒤섞인, 그 또래의 경박한 태도와 고민거리를 갖고 있었다. 자유롭고 싶어 어쩔 줄 몰라하는 조바심도.

그녀의 입술에서는 과일 맛이 났고, 머리칼은 붉은 오렌지빛이었다.

"내가 예쁘니?"

한 청년이 그녀를 껴안았고, 다른 청년이 그녀와 결혼했다.

"넌 웃음소리를 듣는다. 닳고 닳은, 웃는 것에도 지친 듯한 웃음소리……"

한 청년이 그녀와 결혼했다. 그 청년은 이 사랑 때문에 죽은 것일까?

"페기, 예쁜 페기 벨, 그녀는 어떻게 된 것일까? 코말라에 남아 있는 걸까?"

"새벽의 검은 우유……
우리는 공중에 무덤을 판다……"

단장 18

마그누스는 메이가 죽은 뒤 샌프란시스코에서 지내던 방식대로 런던에서 산다. 도서관을 드나들고, 번역 일을 한다. 스페인어 개인 교습도 한다. 슈말커 부부가 그에게 숙식을 제공하겠다고 했지만—하넬로레는 이제 그가 둥켈탈 부부의 아들이라고 믿었던 때보다 훨씬 다정하게 그를 대한다—그는 그들 집에 머무르기보다는 그들을 자주 찾아보는 쪽을 택한다. 그래서 이 도시 북쪽 동네에 원룸아파트를 빌린다. 이제까지 어떤 집이든 자기 집처럼 생각하고 집착했던 적이 한 번도 없었다. 언제나 살던 곳에서 황급히 떠나곤 했으니. 어린 시절 행복하다고 여기며 살았던 황야 지대의 집도 그는 공포에 떨며 갑작스레 떠나야 했는데, 그 집에 대한 추억이 이제는 하나도 남아 있지 않다. 지옥의 아가리 앞에 평화와 애정의 신기루처럼 자리했던 그 집이 특히 그렇다. 그후에 살게 된 프리드리히스하펜의 그 초라한 집에 대한 추억도 그렇게까지 혐오스럽지는 않은데 말이다. 적어도 그 집은 파렴치한 망상은 아니었으며, 날이 갈수록 뼈에 사무쳤던 더러운 주변 환경과 어울리는 모습이었다. 바로 그곳에서 도도한 테아는 시들어가다가 매캐한 연기가 나는 불처럼 사그라졌다. 슈말커 부부의 집은 상반된 두 환경, 두 나라, 두 세계 사이에서 그를 보호해준 일종의 갑실閘室이었으며, 거북하고 우울했지만 성년기로 넘어가며 매우 안전하다고 느꼈던 중간 지대였다. 그후 메이와 함께한 삶은 말 그대로 방랑의 삶이어서 오직 그녀만이 그에게 지표이자 정박지가 되어주었다. 메이는 그에게 영원히 표류하는 섬 같은 여자였다.

그렇다면 그가 거쳐간 이 모든 장소 이전에는 무엇이 있는가? 함부르크의 지하실과 고모라 작전이 있던 밤 이전에는 무엇이 자리하는가? 이따금 그의 기억 속에 희뿌연 빛에 잠긴 방 하나가 스쳐지나가곤 한다. 이 빛이 마룻바닥에 깐 오리목 위로 흘러넘치거나 벽에서 부서져 반짝이는 것을 본다. 공허와 침묵으로 채색된 낡은 판화 같은 이 파리한 영상에서 감미롭고도 평화로운 분위기가 전해져온다. 몹시 헐벗은 이 고정된 영상에서 미세한 떨림이 느껴진다.

먼 과거의 시간 속에서 눈부신 색깔들이 이따금 그의 눈꺼풀 속으로 강물처럼 넘쳐 흘러들어와 불안하고도 관능적인 새된 소리를 그의 온몸에 퍼뜨린다. 그러고 나면 눈 속으로 유백색 환영이 난데없이 미끄러져 들어오고 잇달아 비통하리만큼 평화로운 느낌이 그를 감싼다. 아주 오래전, 이제는 가고 없지만 그렇다고 영영 사라져버린 것은 아닌 날들에, 그가 온몸으로 맛보았을 비길 데 없는 평화다.

이따금 새벽 빛살이 그의 방 창문 블라인드로 스며들 때도 이런 느낌이 덧없는 은총으로 어루만지듯 그를 스치고 지나간다. 그의 얼굴 위로 숙인 어느 얼굴의 빛나는 그림자와 뭔가 유쾌한 이야기를 속삭이는 듯한 숨결이 그의 눈꺼풀에 느껴진다. 잠에서 깨어나 정신을 되찾기 무섭게 흩어지고 마는 반수면 상태의 꿈이요 새벽의 환상이다. 그런 순간이면 샌프란시스코의 레스토랑에서 보낸 저녁 시간이 머릿속에 다시 떠오른다. 테런스와 메이는 베라크루스의 병원에서 열병을 앓던 그의 입에서 새어나온 몇 마디 말과 그 레스토랑에서 들은 언어가 같다고 생각했다. 하지만 당시 그는 이런 실마리를 그 자리에서 외면했다. 잃어버린 과거를 추적하는 데 지쳐 있던데다, 집요하게 그를 괴롭혀온 이 망각을 더는 떠올리고 싶지 않았기 때문이다. 그런데 공백투성이인 이 끈질긴 기억에 맞서 그가 세운 방어벽들이 메이의 죽음과 함께 무너져버렸다. 그리고 구멍 뚫린 이 기억으로부터 고집스러운 요청이 마치 세이렌의 노래처럼 다시 들려온다. 잠에서 깨어난 순간 그의 피부를 타고 미끄러져 내리는 이 부드러운 빛의 파동은 어린 시절, 아이슬란드 어딘가에서 흘러간 어린 시절의 반영물일 수 있다고 이제 그는 생각한다. 그러나 마침내 받아들이게 된 이 가능성을 그는 미결 상태로 내버려둔다. 어떻게 추적해가야 할지도 모를 일에 뛰어들어 자신의 감미로운 꿈을 파괴할까 두려워서다.

그는 어두운 장롱 속 선반 위에서 끈질기게 불침번을 서고 있는, 미나리아재비 눈의 새끼 곰에게 묻는 것으로 만족한다. 주둥이가 조금 내려앉고 귀가 살짝 터진 곰인형에게 맞춘 무언의 질문이다.

마그누스가 마그누스에게 말한다. 말도, 소리도, 의미도 없는 말이다.

런던으로 돌아온 지 몇 달이 지나서야 그는 페기 벨을 다시 만난다. 너무도 갑작스럽게 미망인이 되어 자신의 처지에 속박당해 있던 그녀는 마침내 이 나라와 장기적으로 거리를 둘 방법을 찾아낸 참이다. 빈의 한 학교에 영어 교사 자리가 난 것이다. 오스트리아로 가 정착하기 전에 독일어를 배워두고 싶어하는 그녀에게 엘제가 마그누스에게 연락해보라고 조언한다. 이 제안을 듣고 마그누스는 놀라기도 했지만 무엇보다 망설이지 않을 수 없다. 모국어를 한 번도 가르쳐본 적이 없는데다 이 언어가 자신의 모국어가 아닐지도 모른다고 늘 생각해왔기 때문이다. 로타르가 그와 독일어로 말하는 걸 좋아하기에 이제 그는 슈말커 부부 앞에서만 독일어를 사용한다. 그러나 그가 이 언어와 맺고 있는 관계가 무척이나 애매했던 만큼 그는 교활한 생각을 해내기에 이른다. 이 언어를 다른 누군가에게, 너무 고통스러운 추억에서 달아나고 싶어하는 누군가에게 가르침으로써, 그 단어들을 경직시키는 어둠과 서리의 외피를 깨고 그것들에 새로운 소리를 부여할 수 있을지 모른다는 계산이다.

그들은 만나기로 약속한 카페에 정시에 도착해 각자의 테이블에서 상대방을 기다린다. 두 사람은 서로를 알아보지 못한 채 카페에 손님이 들어올 때마다 문 쪽으로 고개를 돌리다 마침내 서로의 눈에 띈다. 그렇게 하는 사람은 그들 두 사람뿐이었으므로. 둘은 곁눈질로 상대방을 훔쳐보다가 좀더 자세히 서로를 살핀다. 그러다 젊은 여자 쪽에서 먼저 자리에서 일어나 그에게로 걸어온다. 여자는 허리를 졸라맨 회색 개버딘 레인코트와 종 모양의 짙은 자홍색 펠트 모자 차림이다. 그는 여자에게 미소를 지으며 합석하게 한 다음 말한다.

“페기 벨이죠?”

그녀는 처녀 시절의 성과 이름을 못 들은 척하며 그의 질문을 정정하면서 철저히 거리를 둔다.

"마거릿 매클레인이에요. 그쪽은 아담 슈말커 맞죠?"

그러나 그 역시 이름이 바뀐지라 이번에는 그가 정정한다.

"마그누스입니다."

"아, 맞아요. 엘제가 그렇게 말한 게……"

그녀는 말끝을 흐린다. 이처럼 말하는 도중에 침묵해버리는 게 그녀의 습관임을 마그누스는 곧 알아챈다.

그녀는 쉴새없이, 한 개비를 몇 모금 빨다 눌러 끄곤 하는 식으로 담배를 피운다. 그렇게 단속적이고 신경질적인 몸짓으로 말을 하다가는 갑자기 생각이 바뀐 듯 입을 다물어버린다. 마그누스가 알던 소녀 시절의 그녀는 웃다가 돌연 가벼운 우수에 젖곤 했는데, 이제 그녀는 토막난 말들을 이어가다 느닷없이 침묵에 빠져들곤 한다. 차가운 빛을 발하는 그녀의 담녹색 눈 역시 이제는 쾌활함과 몽상에 젖어 금빛으로 물들거나 하지 않는다. 미소를 짓는 일도 드물어, 왼뺨의 보조개도 눈에 띄지 않는다. 주근깨도 옅어지고, 어린 소녀처럼 통통하던 손도 여리고 가늘어졌다. 그러나 모자를 벗자 전과 다름없이 아름답지만 이제는 짧게 자른, 등황색 머리칼이 드러난다. 그처럼 그녀도 그를 꼼꼼히 살피고 있는 걸까? 그의 지금 모습을 언젠가 그녀가 장난삼아 유혹하려 했던 예전의 그 사춘기 소년과 비교하면서. 그런데 그를 기억하고는 있는 걸까? 그에게 눈곱만큼의 관심이라도 가진 적이 있을까?

첫 만남은 비교적 짧게 끝났다. 냉랭하고 거북스럽기까지 한 자리였다. 마거릿 매클레인이라는 신분으로 자신을 졸라맨 페기가 몹시 비사교적이고 긴장된 모습을 보였기 때문이다. 그녀는 자신이 받고자 하는 수업의 조건과 시간표를 상의하러 나왔을 뿐이며, 그 밖의 다른 이야기에는 관심이 없었다. 마그누스에게 어떤 개인적인 질문도 하지 않았고, 그녀 자신의 과거나 현재의 삶과 계획에 대한 질문도 용납하지 않았다. 어쨌거나 그들은 철저히 공무적인 성격의 이 만남에서 몇 가지 결정을 내렸다. 그녀는 일주일에 두 번 그의 집으로 와서 한 시간 반씩 수업을 받고, 수업을 마칠 때마다 수업료를 지불한다는 조건이었다. 그녀는 무뚝뚝한 몸짓으로 종 모양의 모자를 다시 쓰고 일어나 그에게 인사를 한 뒤 뒤도 돌아보지 않고 잰걸음으로 가버렸다.

속창

얼음 조각들로 가득한 커다란 심장을 지닌 고독,
네게 없는 온기를 어떻게 내게 줄 수 있겠니?
회한이 우리를 사로잡아
두렵게 한다.

가버려라, 우리는 서로를 위해 아무것도 할 수 없으니,
우리의 얼음 조각을 나누며
우리의 이마를 태우는 어두운 열기 아래
그 녹는 모습을 잠시 지켜볼 뿐.

쥘 쉬페르비엘, 「태양」, 『무구한 도형수』

단장 19

언어에 특별한 재능이 있는 학생은 아니지만 그래도 배우겠다는 열의로 가득해 조바심내며 노력한 덕에 그녀는 빠른 진전을 보인다. 이제 독일어로 자기 생각을 충분히 표현할 만큼 실력을 쌓은 그녀는 독일어로만 말한다. 태도가 점점 누그러지면서 덜 방어적인 모습을 보이고 더는 토막난 말로만 대답하지도 않는다. 그리고 페기라는 예전의 애칭을 다시 쓰는 데도 동의한다. 그렇게 그녀는 다른 언어로 옮겨가며 다시 젊어지는 것 같다. 그녀를 구속하는 것들에서 자유로워지는 듯하다.

마그누스는 그녀의 이런 점차적인 변화를 눈치챈다. 처음에는 정확한 문장을 구사하기 위해 주의를 온통 집중한 결과라고 생각한다. 상대방과 마주해 그렇게 병적으로 몸을 사릴 겨를이 없어진 거라고. 그러나 곧 지나치게 단순한 이런 설명 뒤에 또다른 이유가 숨어 있지 않을까 의심하게 된다. 페기가 겪은 비극 속에 자리잡은 좀더 어둡고 복잡한 이유. 어쩌면 팀의 죽음이 그들 부부가 사용한 언어, 그들이 사랑을 나누었던 일상의 친밀한 모국어의 상喪을 치르게 한 것인지, 그 언어에 상처를 입힌 것인지 모른다. 이 비극에 대해 그녀는 한 번도 말한 적이 없으며, 남편 이름을 입에 담거나 그에 대해 언급한 적도 없다. 티모시 매클레인과 함께한 삶에 대해 그녀는 철저히 침묵으로 일관한다. 불안하게 가슴을 조여오는 묘한 침묵이다. 마그누스는 거기서 위로받을 길 없는 사랑의 부단한 절규를 감지한다.

수업은 점점 더 즉흥적이고도 자유로운 대화로 이어져 간혹 예정된 시간을 훨씬 초과하곤 한다. 수업은 으레 마그누스의 원룸아파트에서 했지만, 그들은 이제 이런 방식을 버리고 화창한 날이면 도심이나 공원으로 산책을 나가거나 그날그날의 기분에 따라 미술관이나 카페에서 만나기도 한다. 하지만 그녀가 자기 집에서 보자고 한 적은 한 번도 없다.

그러던 어느 날 아침 그녀가 마그누스에게 전화를 걸어 자기 집으로 저녁 초대를 한다. 그때까지 모르고 있던 주소를 전해 듣고서야 비로소 그는 그녀가 가까이 살고 있음을 알게 된다. 먼 동네에 살 거라는 이제까지의 짐작과는 달리.

그녀가 사는 집은 하얗고 예쁜 이층집이다. 문간에 화분 여러 개가 놓여 있고, 대문에는 짙은 녹색 래커가 칠해져 있다. 그런데 초인종 옆에 있어야 할 문패가 없어, 마그누스는 한순간 망설인다. 그러다 초인종을 눌렀지만, 아무 기척이 없다. 그렇게 몇 차례 헛된 시도를 반복한 뒤 손으로 문을 두드린다. 소리가 마치 허공으로 흩어지는 듯 묘하게 울리더니 문이 열리고 페기가 나타난다. 자잘한 꽃과 오렌지색 나비 무늬가 있는, 밀짚처럼 노란 원피스를 입은 그녀가 미소 띤 얼굴로 문간 너머에 서 있다.

집안은 텅 비어 있고, 천장에는 알전구들이 달려 있다. 페기는 담담한 어조로 말한다. 이 집을 팔았다고. 사실 그날 아침 집을 비웠으며 내일이면 자신은 빈으로 떠날 거라고. 마그누스는 놀라움과 분노 사이에서 흔들린다. 일언반구도 없이 실행에 옮긴 결과물만 상대에게 불쑥 내놓는 이 편집증적인 행동은 그의 신경을 긁어놓을 만했다. 하지만 그는 의외라거나 짜증난다는 기색을 전혀 드러내지 않는다. 차라리 그 편이 낫다고 생각한다. 갈 테면 가라지. 우스꽝스러운 변덕과 비밀로 가득한 이 여자. 불쑥 다시 나타났을 때처럼 그렇게 사라져버리라지. 그렇다, 그녀라는 존재에 너무 집착하기 전에, 사랑이라는 환상의 덫에 걸리기 전에, 그의 삶에서 사라져버리는 게 낫다. 그는 애써 냉정을 유지하며 그녀를 바라본다. 별이 총총한 새벽빛으로 아롱진 원피스를 입은 그녀의 모습이 아름다운 건 사실이다. 후광처럼 이마를 둘러싼 구불거리는 등황색 머리칼, 반짝이는 초록 눈, 어린아이의 미소…… 그러나 그는 이 매력적인 모습을 한 발짝 물러서서 바라본다. 박물관 진열창 안에 놓인 예쁜 조각상을 지나치며 바라보듯.

그녀는 휑뎅그렁한 거실에다 가대에 널빤지를 얹어 즉석 테이블을 만들고 정원 의자 두 개를 가져다가 서로 마주보게 배치해 두었다. 테이블에는 종이 식탁보 대신 윤기 도는 흰색과 노란색 톤의 근사한 다마스크 천이 널찍이 깔려 있다. 접시는 종이 접시지만 잔은 크리스털 잔이다. 그녀는 최고급 포도주를 샀고, 작은 플라스틱 잔에 올리브 절임과 캐슈너트를 담아 내놓는다. 인도 음식 배달업체에서 주문한 요리가 도착하기를 기다리면서. 그녀가 그처럼 편안한 모습으로 즐겁게 수다떠는 모습을 보기는 처음이다. 예전에 슈말커가의 집에서 그랬던 것 말고는. 마치 시간이 휘청대며 거꾸로 흘러 언젠가 그가 입술을 훔쳤던 그 매혹적이고 제멋대로 구는 소녀 앞에 다시 선 기분이다. 하지만 오늘밤엔 그녀를 안고 싶기는커녕 오히려 따귀를 갈기고 싶을 정도다. 그것도 모르고 이 가짜 소녀가 독일어로 조리에 닿지 않는 말을 재잘대는데 그는 그만 짜증이 난다. 모든 것이 거슬린다. 전혀 이해할 수 없을뿐더러 아무 관심도 없는 코미디에 자신이 얽혀들고 있다는 생각이 우선 그랬다.

배달부가 저녁식사를 가져오자 페기는 요리가 식기 전에 서둘러 식탁을 차린다. 마그누스는 마지못해 식사를 하고 그 맛있는 포도주도 억지로 마신다. 이렇게 그는 마음이 점점 언짢아지는데, 마주앉은 여자는 포도주를 홀짝거리며 기분이 유쾌해져 얼굴이 점점 더 환히 빛난다. 갑자기 그가 짜증이 나 못 견디겠다는 표정을 지으며 영어로 말한다.

"지루하네요."

페기는 고개를 갸웃하며 입가에 놀란 미소를 머금은 채 그를 바라보며 묻는다.

"뭐라고 했죠?"

"지루하다고 했어요."

그가 되풀이해 말한다. 그리고 자신도 설명할 수 없는 차가운 분노에 이끌려 계속 영어로 말을 잇는다.

"그래요, 당신과 함께 있는 게 지루해요. 실망했거든요. 나 스스로는 결단코 쓰고 싶지 않은 모국어를 당신에게 가르쳤어요. 한데 당신은 내게 뭘 가르쳐줬죠? 아무것도요. 다섯 달 동안 우린 일주일에 두 번씩, 때론 더 많이 만났지만, 당신은 자신에 대한 이야기는 한마디도 하지 않았어요. 내게 관심을 보이지도 않았고요. 그렇다면 대체 누구한테 관심이 있죠? 하긴, 아무한테도 관심이 없겠죠, 당신 자신밖에는. 우리가 이웃이더군요. 그런데 마치 이 도시 반대편에 사는 것처럼 행동한 이유가 뭐죠? 그야

별로 중요하지 않은 일이긴 하죠. 하지만 무엇 때문에 늘 요리조리 피하며 감추거나 거짓말을 하는 겁니까? 실제로 당신은 거짓말을 하고, 거짓말하기를 좋아하고, 비밀을 지어내고, 신비를 가장하고 있어요. 유치하고 지겨운 일이에요."

페기는 그의 말에 귀기울인다. 더이상 미소도 짓지 않는다. 포도주를 마시고 화사하게 장밋빛으로 물들었던 얼굴도 이제 핏기가 가시고 입술마저 창백하다. 그녀는 하얗게 질린 안색으로 의자에 못박힌 듯 뻣뻣이 그와 마주앉아 있다. 꽉 쥔 양손을 식탁보에 올려둔 채. 하지만 그는 자신이 그녀 마음속에 막 야기한 이 격렬한 혼란에 아랑곳없이 상대방을 향한 비난을 이어간다.

"남편에 대한 언급을 일절 피하고 그 이름조차 입에 담으려 하지 않는 게 그와 함께한 기억을 존중하는 태도는 아니라는 걸 알아두세요. 오늘 저녁 이곳에선 특히 그래요. 당신들이 함께 살았던 이 집은 당신 남편의 집이기도 하니까. 마치 거추장스러운 낡은 가구 하나 치워버리듯 당신이 팔아치운 이 집 말입니다."

그는 마비된 몸 위로 늘어진 슬픈 새벽빛 원피스보다 더 창백한 젊은 여자의 가쁜 숨소리를 듣고 있다. 그리고 음색도 억양도 낯설기만 한 자신의 목소리를 듣는다. 귀에 거슬리는 이 가혹한 말들이 어디서 오는지 그도 알 수 없다.

"당신을 사랑하지 않아요. 한 번도 당신을 사랑한 적 없고, 앞으로도 그럴 겁니다……"

자신의 목소리가 아닌 목소리가 적의와 원한으로 가득한 말들을 잔인하고도 태연스럽게 늘어놓고 있다. 더는 그의 것이라 할 수 없는 말들, 그와 상관없는 말들, 그를 공포에 빠뜨리는 말들이다. 하지만 그의 입이 이 말들을 내뱉고 있다. 잠자는 사람의 입에서 새어나오는 신음 소리나 알아들을 수 없는 잠꼬대처럼.

"난 당신의 그 무엇도 사랑하지 않아요. 목소리도, 몸도, 피부도, 냄새도. 당신의 모든 것이 역겨워요……"

그 순간 이상한 전이, 아니, 교대가 이루어진다. 페기가 자리에서 천천히 일어나 그의 신랄한 독백을 받아 휘파람 소리 같은 희미한 어조로 말한다.

"……너의 모든 것이 역겨워 못 견디겠어. 네가 사라져버렸으면 좋겠어. 하긴 그걸로도 부족하지, 너라는 사람을 아예 몰랐어야 했어. 그랬어야 했어."

그녀는 입을 다문다. 의자 뒤에 서서 양손을 의자 등받이에 올려둔 채. 그녀는 그렇게 똑바로 서 있다. 그녀를 푸르스름한 빛으로 감싸는 환상 속에서 길을 잃은, 광물적인 시선을 고정시킨 채. 미쳐버린 두 목소리가 방금 전에 내뱉은 '사랑하지 않는다'는 고백에서 하나의 장면이 모습을 드러낸다. 그곳 절벽 위에서 실제로 그 광경이 벌어졌던 날 감돌았던 똑같은 빛이 이 장면에서 퍼져나온다.

그곳, 그러니까 영불해협이 내려다보이는 높은 백토 절벽 위에서 일어난 일이었다. 흰 바위. 강청색, 연보라색, 은초록색 빛이 일렁이는 잿빛 물. 무한한 우주 공간을 들이마시고 느낄 수 있는, 전경이 탁 트인 저 위의 땅. 날씨가 맑은 저녁이면 바다 건너편 프랑스가 눈에 들어오고, 바람이 바다와 하늘과 숲의 내음을 싣고 사방으로 자유롭게 내달리는 곳. 울퉁불퉁한 바위 위에 갈매기들이 둥지를 틀고 검은 머리의 양떼가 하늘과 맞닿은 데서 풀을 뜯는 곳.

그곳에서, 어느 봄날 아침 한 쌍의 남녀가 산책을 한다. 이 남녀를 페기는 눈도 깜박이지 않고 응시한다. 그리하여 마그누스 또한 시선을 고정한 채 이 장면을 보게 된다.

이렇게 과거가 이 집 거실로 초대되어 두 사람 사이 식탁에 자리잡는다.

두 형체가 느린 걸음으로 보조를 맞추어 걷고 있다. 그들은 바람에 일렁이는 풀밭으로 미끄러지듯 천천히 들어간다. 이따금 하나가 걸음을 멈추면 다른 하나가 돌아보며 무어라 말한다.

그리고 둘은 다시 걷기 시작한다.

남자와 여자다. 그들은 나란히 가고 있지만 팔짱을 끼거나 손을 잡고 있지는 않다. 두 사람의 어깨가 스친다. 그러나 둘 사이에는 넘어설 수 없는 거리가 느껴진다. 이 두 사람이 절벽 위에 나타나자 이유도 없이 아침햇살이 단단해지고, 정적이 깨지며, 광대한 공간이 무대장치로 축소되어 배치된다.

그들은 절벽 가장자리에 이른다. 두 사람은 일 미터쯤 거리를 두고 마주서 있다. 햇빛은 아직 여리고, 하늘은 연푸른색이다. 장밋빛이 감도는 잿빛 바다는 지평선에 이르러 더 짙은 색조를 띤다. 여자는 조용조용한 목소리로 말하지만 바람이 그녀의 말을 낚아채 그 보이지 않는 갈피 속에 숨겨둔다. 언젠가 나중에 다른 장소에다 그것들을 흩뿌리기 위해. 꽃가루, 먼지, 이파리, 냄새, 소리…… 이 모두를 훔쳐가는 바람이다.

뻣뻣한 자세로 서 있는 여자가, 레인코트 호주머니에 양손을 찔러넣은 채 말한다.

"너와 함께 있는 게 지겨워, 지겨워 죽겠어. 널 사랑하지 않아. 한 번도 널 사랑한 적 없고, 앞으로도 그럴 거야. 난 너의 그 무엇도 사랑하지 않아. 목소리도, 몸도, 피부도, 냄새도. 너의 모든 것이 역겨워 못 견디겠어. 네가 사라져버렸으면 좋겠어. 하긴 그걸로도 부족하지, 너라는 사람을 아예 몰랐어야 했어. 그랬어야 했어."

남자는 아무 말도 하지 않는다. 다른 일체의 말을 무가치하게 만드는, 대답을 요하지 않는 이 말들에 그는 정신이 아뜩해진다. 자신을 향해 돌처럼 날아오는 이 잔인한 말들 앞에서 그는 몇 발짝 뒤로 물러선다.

그는 절벽 끄트머리에, 허공을 등진 채 서 있다. 허공이 은밀히 그의 발목을 옭아매며 양다리를 타고 올라와 무릎에서 맴돌다 차디찬 물살처럼 목덜미까지 흘러든다. 이 허공을 눈으로 확인할 필요는 없다. 온몸으로 느끼고 있으므로. 마치 그의 발뒤꿈치에 웅크리고 숨어 있는 한 마리 야수의 존재를 느끼듯, 그는 공포에 사로잡혀 옴짝달싹하지 못한다. 그는 여자를 향해 애원의 눈길을 보낸다. 마침내 그녀가 다정한 말들을 건네주기를 기대해서가 아니다. 이 순간 사랑의 희망 따위는 갖지 않는다. 이제 그는 어떤 감정도 느낄 수 없다. 온전히 물질적인 순수한 공포와 아찔한 현기증에 사로잡혀 있을 뿐이다. 그가 기다리는 건 하나의 몸짓이다. 끌어당기는 허공의 힘으로부터 그를 잡아채는 손이다. 그러나 여자는 호주머니에 양손을 찔러넣은 채 냉정한 태도를 잃지 않는다. 거칠게 따귀를 갈기는 듯한 눈길을 그에게 던지며. 하지만 아무리 사나운 눈길일망정 그는 이 눈길에 매달린다. 그가 불안정한 균형이나마 유지할 수 있게 해주는 유일한 지표이기 때문이다.

그의 애원을 그녀는 이해했을까? 그녀는 고개를 돌린 채 무심한 표정으로 눈길이 다른 곳을 헤매게 한다. 아, 저 아래 바닷물은 청록색이네. 저기, 갈매기 한 마리가 구름 아래로 배가 고프다고 울며 날아가네. 저쪽에는 유람선 한 척이 지나가는군. 작은 점 하나가 잽싸게 움직이는 것 같아. 풍뎅이 한 마리가 달려가는 것 같기도 하고. 그녀는 미소를 짓는다. 그 미소가 바람 속으로 사라진다.

그녀는 희미한 소리를 감지한다. 뒤를 돌아보니 아무도 없다. 남자가 사라지고 없다. 그녀가 바라던 바가 아니던가. 몇 초가 흐른다. 한평생보다 더 긴 몇 초가. 그 순간 또다른 소리가 멀리서 희미하게 들린다. 짧고 단조로운, 끔찍한 소리다.

그녀는 그 자리를 떠난다. 잰걸음으로 걷다보니 거의 뛰는 것에 가깝다. 아무 생각도 하지 않는다. 생각을 거부한다. 그녀는 구르는 하나의 돌멩이다. 또다른 돌멩이는 둔탁하고 불쾌한 소리를 내며 물속으로 떨어지고 말았다. 왜, 어떻게, 그녀가 생각을 하겠는가? 그녀는 인간성을 저버린 참이다.

속창

황야.

켄트: 거기 누구요, 이 험한 날씨에?

신사: 이 날씨처럼 마음이 불안한 사람이지요.

켄트: 누군지 알겠군. 왕은 어디 계시오?

기사: 변덕스러운 비바람과 싸우고 계십니다.

바람에겐 육지를 바닷속으로 쓸어넣으라 하시고,

물결치는 파도에겐 육지를 뒤덮어

모든 걸 바꿔놓고 멈추게 하라 하십니다.

리어 왕: 내가 미쳐가기 시작하는구나!

그런데 얘야, 넌 어떠냐? 추우냐?

난 춥구나!……

바보: 재주가 모자라는 사람은,

헤이호, 바람아 비야,

제 주제에 만족해야 해,

날이면 날마다 비가 온데도.

윌리엄 셰익스피어, 『리어 왕』 3막 1장, 2장

단장 20

페기의 집에서 일어난 일과 그전에 도버 절벽에서 일어난 일에 대해 마그누스는 아무에게도 말하지 않았다. 저녁식사를 마치고 페기에게조차 아무 말도 하지 않았다. 티모시가 초대되어, 그 순간 공연되는 연극과는 전혀 다른 연극 텍스트를 제멋대로인 프롬프터처럼 자신의 프롬프터박스에서 속삭여대던 저녁식사 자리. 자신에게 맡겨진 장면을 즉흥적으로 재연해내던 페기는 대사를 멈추고 자리에 앉아 천천히 잔을 비웠다. 눈가가 거무스레해진, 초췌한 얼굴이었다. 잠시 후 그녀는 자리에서 일어나 식탁을 치우기 시작했다. 부엌에서 커다란 비닐봉투를 가져다가 음식물 찌꺼기와 종이컵과 유리잔을 쓸어넣고, 다마스크 식탁보도 둘둘 말아 쓰레기통에 처넣었다. 손님의 존재도 잊고 마치 자기 혼자인 양 주방을 정리했다. 마그누스는 임시 식탁을 분해하고 의자 두 개를 퇴창 너머에 있는 작은 정원에 도로 가져다놓았다. 가랑비가 소리 없이 내리며 관목들의 이파리를 적시고 있었다. 이웃 정원에서 구슬프고도 단조로운 부엉이 울음소리가 들려왔다.

주변이 모두 정리되자 페기는 담배 한 개비를 피워 물며 빈 공간을 성큼성큼 걸어다녔다. 마그누스의 존재는 여전히 잊고 있었다. 마그누스가 그녀에게 물었다. 이 빈집에서 밤을 보낼 수는 없을 텐데 어디서 잘 거냐고. 그녀는 대답 대신 어깨를 들썩할 뿐이었다. 그러더니 그가 계속 남아 있자 이렇게 말했다.

"이제 그만 가세요. 당신은 없어도 되니까. 난 내일 아침 떠나요. 준비는 다 되어 있어요."

그는 집을 나섰지만 한참 동안 집 앞 거리에 남아 있었다. 이윽고 그녀가 집에서 나오더니 문간에 쓰레기통을 내놓고 문을 열쇠로 잠근 뒤 멀어져갔다. 그는 몰래 그녀의 뒤를 쫓았다. 그녀는 대로까지 걸어가 택시를 불렀다. 그리고 사라졌다.

그는 그녀의 집 앞으로 되돌아와 거기 놓인 쓰레기통을 열어 포도주와 소스로 얼룩진 다마스크 천을 꺼내 접었다. 그리고 두 개의 잔 중 깨진 잔은 놔두고 이가 조금 빠진 잔은 식탁보와 함께 챙겼다.

그렇게 그녀가 떠난 지 다섯 달이 지나갔다. 연말에 그녀가 마그누스에게 연하장을 보내왔지만 빈에서의 생활에 대해선 한마디도 없었다. 엘제는 그녀에게 거의 소식을 듣지 못한다.

슈말커 부부의 집에는 새 기숙생 미리암이 와 살고 있다. 런던에 있는 미술학교에서 강의를 듣기 위해 외조부모 댁에 머물기로 한 것이다. 동생들 곁에서 어머니를 도우며 맏딸의 책임을 떠맡아야 하는 집에서 벗어나 있고 싶어서이기도 했다. 그녀는 부모보다 로타르 부부와 마음이 더 잘 맞았다. 두 사람은 손녀를 대가족의 맏이로 여기기보다 외딸처럼 대해주었다. 그녀는 예전에 마그누스가 묵었던 방을 차지했고, 지하실에 화실을 꾸몄다.

미리암은 말수가 적다. 특히 낯선 사람들 앞에서. 마그누스를 처음 본 날 거의 입을 열지 않았는데, 그래도 시선만은 상대를 열심히 살피고 있었다. 도발적이고 거친, 어린 야수의 시선이자 겁먹은 짐승의 불신 가득한 시선이었다. 하넬로레는 이 손녀를 두고 집안의 햇빛이라 말했지만, 사실 그녀는 변덕스러운 햇빛이어서 자신의 작업이 만족스럽지 못하거나 기대에 못 미치면 때로 싸늘하고 음울한 빛덩어리를 던지곤 했다. 그녀는 자신이 꿈꾸었던 것보다 못해 보이는 작품은 유감없이 파기해버렸다.

한편 로타르의 눈은 서서히 빛을 잃어간다. 얼마 전부터는 현기증에 시달리며 시력이 감퇴하고 조금만 말을 해도 숨이 가쁘다. 마그누스는 그를 찾아갈 때마다 책을 읽어주겠다고 자청한다.

"책의 저자와 더이상 머리를 맞대고 있을 수 없게 되었구나. 매번 책을 읽어주는 사람이 필요하니. 셋이 함께하는 셈이지. 저자와 나 사이에 이 매개자의 목소리가 끼어들어 텍스트에 반영되는 거다. 그래서 조용히 혼자 책을 읽었다면 아마 깨닫지 못했을 다양한 뉘앙스를 포착하게 되는데, 때론 이것이 묘한 놀라움을 주지……"

이 놀라움을 보다 잘 음미하기 위해 그는 같은 페이지를 여러 매개자의 음성을 통해 듣기도 한다. 그러다보면 그 페이지가 다성의 형태로 암기되다시피 하는데, 이처럼 암기된 텍스트는 떨리고 팽창하며 예기치 못한 웅성임과 질문과 소리로 가득차게 된다. 성서 구절들이나 문학작품, 시나 신문 기사도 그런 식으로 접하는데, 텍스트를 읽는 사람이 하넬로레인지 미리암인지 마그누스인지 아니면 다른 사람인지에 따라 단어들의 울림이 서로 다르다. 하넬로레의 경우에는 어떤 문장이 그녀 안에 의혹이나 동요를 불러일으키는 순간 목소리가 느릿느릿 잦아든다. 미리암의 목소리는, 예컨대 그녀의 화를 돋우는 문장과 마주칠 경우, 갑자기 단어 하나하나를 뚝뚝 끊어 힘주어 발음하는 경향이 있다. 그런가 하면 마그누스는 마음을 흔들어놓는 문장이나 의미가 잘 파악되지 않는 문장을 만나면 마치 그 문장을 길들이려는 듯 목소리가 잠깐씩 끊어지곤 한다.

한동안 로타르는 「마태복음」의 '산상수훈'을 연거푸 읽으며 그것과 관련된 다양한 주석에 관심을 갖는다. 슈말커 부부가 런던으로 망명하기 직전에 독일에서 출판된 디트리히 본회퍼의 『은총의 대가代價』*에도 그런 주석이 포함되어 있었다. 마그누스는 이 부분을 읽어주면서 로타르가 단지 텍스트에 귀기울이고 있는 것만은 아님을 이해한다. 그는 개인적으로 알고 존경하고 감탄해마지않았던 사람의 말에 귀기울이고 있는 것이다. 비길 데 없이 값진 은총의 대가로 자신의 생명을 내놓은, 살아 있는 사람의 말이었다. 한창 나이에, 사상과 사랑이 무르익은 시기에, 값을 매길 수 없는 은총의 대가로 어느 날 저녁 강제수용소에 세워진 교수대 밧줄 끝에 자신의 생명을 내어준 사람이었다. 총통이, 삼 주 뒤면 그 자신도 목숨을 끊게 되는 총통이 벙커 안에서 내린 명령에 따른 것이었다. 마그누스는 중립적인 어조를 유지한다. 이 죽은 자의 목소리 앞에서 자신의 목소리가 지워져버리게, 그리하여 로타르가 친구이자 스승인 이 사람과 대화를 나눌 수 있게 하기 위해서다. 이렇게 책 읽기에 열중하면서 그는 로타르의 숨소리에 귀기울인다. 숨소리의 톤이 조금씩 달라지며 규칙적

* 독일어판 원제는 『Nachfolge』(제자들). 한국어판 제목은 『나를 따르라』(허혁 역, 대한기독교서회)이다.

인 한숨이 사이사이 끼어든다. 이 한숨은 어떤 감정이나 동의 혹은 엇갈리는 의견을 드러낸다기보다 그의 사고가 저자의 사고와 보조를 함께하며 나아가고 있음을 의미한다. 사고는 하나의 단어나 생각이나 욕구와 마주칠 때마다, 혹은 어떤 의미가 계시될 때마다 발길을 멈췄다. 때로는 정신이 아찔해지는 통찰의 순간이 찾아들기도 한다. 남을 심판하지 말라는 요청에 화답하는 다음과 같은 본회퍼의 문장을 대할 때처럼. "내가 무언가를 심판하는 순간 나의 최대 관심사가 악惡의 절멸이라면, 나는 이 악이 실제로 나를 위협하는 곳, 즉 내 안에서 악을 찾으려 할 것이다."

연보

디트리히 본회퍼

• 1906년 2월 4일 브레슬라우 출생. 정신신경학 교수인 카를 본회퍼와 파울라 하제 사이에서 태어난다(여덟 명의 자녀 중 여섯째).

• 1923~1927년: 튀빙겐에 이어 베를린에서 신학을 공부한다.

• 1927년: 베를린에서 박사학위 논문 「성도의 교제: 교회 사회학의 교의적 탐구」의 구두 심사를 받는다.

• 1928~1929년: 바르셀로나의 개신교 독일어권 교구에서 대목代牧직을 맡는다.

• 1930년: 교수 자격 논문 「행동과 존재」를 쓴다.

• 1930년 9월~1931년 6월: 뉴욕 유니언 신학교에서 장학생으로 공부한다.

• 1931년: 샤를로텐부르크 기술학교에서 교목직을 맡는다. 9월에는 케임브리지에서 열린 신구교 합동 세미나에 참석한다.

'교회간 우애 증진을 위한 세계 연맹'의 보좌관으로 임명된다. 11월 15일에는 베를린의 성 마태오 교회 목사로 임명된다.

• 1933년: 히틀러가 정권을 잡는다. 디트리히 본회퍼는 독일이 구세주로 여기는 이 총통이 근본적으로 사악한 인물임을 단번에 간파하며, "우두머리의 이미지가 유혹자의 이미지로 변질되며…… 우두머리와 그가 맡은 소임이 하느님을 모방해 신격화되는" 위험을 경고한다. 그와 동시에 유대인 조상을 둔 기독교인들에게까지 확장된 증오와 박해를 비난한다. "유대계 기독교인들을 공동체 밖으로 내모는 행위는 그리스도교회의 본질을 파괴하는 것이다. (…) 교회는 같은 부류 사람들의 공동체가 아니라 '말씀'의 부름을 받은 서로 다른 사람들의 공동체이다. 하느님의 백성은 일체의 질서를 초월해 존재하는 하나의 질서이다. (…) '아리아족에 관한 별항'(1933년 4월 7일 제정됨)은 교회의 본질을 파괴하는 이단이다."(1933년 8월에 작성된 전단)

• 1933년 10월~1935년 4월: 런던의 한 교구에서 목사직을 맡는다.

• 1935~1937년: 칭스트와 핑켄발데, 포메라니아에서 고백교회가 설립한 교구 신학교들 가운데 하나를 인솔한다. 1936년에는 대학 강단에 설 자격을 박탈당한다.

• 1937년: 그의 저서 『은총의 대가』가 출판된다. 10월에는 게슈타포가 교구 신학교들을 폐쇄한다. 핑켄발데에서 공부했던 여러 신학생이 체포된다.

• 1938년: 루트비히 베크를 중심으로 결성된 저항운동 단체—한스 오스터, 빌헬름 카나리스, 카를 자크가 합류하는—와 처음으로 접촉한다. 형 클라우스 본회퍼와 매형 뤼디거 슐라이허, 한스 폰 도나니도 자국 내 저항운동에 연루된다. "사탄의 진리가 하나 있다. 이 진리의 본질은 진리의 외관을 둘러쓰고 실재하는 모든 것을 부인하는 것이다. 그것은 하느님이 창조하고 사랑한 세상과 현실에 대한 증오를 먹고산다. 누군가 전쟁 때문에 거짓말을 할 경우, 그를 거짓말쟁이라 부를 수는 있겠지만 그가 한 거짓말은 본질과는 정반대로 정당화되며 도덕적으로도 용인된다."

• 1939년: 핑켄발데 신학교에서의 경험을 토대로 쓴 『성도의 공동생활』이 출판된다. 런던과 미국을 방문하지만 체류 기간을 단축하고, 전쟁이 선포되기 직전 마지막 배를 타고 독일로 돌아온다.

• 1940년: 대중 앞에서 어떤 강연도 할 수 없게 되고, 이동 시 반드시 경찰에 통보하라는 명령을 받는다. 대작 『윤리학』을 저술한다(이 저서는 그가 죽은 뒤 친구인 에버하르트 베트게에

의해 출판된다). 정치적 저항운동에 적극적으로 참여한다.

• 1941~1942년: 그의 책 출판이 금지된다. 저항 활동을 계속하기 위해 신구교 통합 교류를 구실 삼아 스위스, 노르웨이, 스웨덴 여행을 완수한다. 1942년 11월 마리아 폰 베데마이어와 약혼한다.

• 1943~1945년: 1943년 4월 5일 누이 크리스티네, 매형 한스 폰 도나니와 함께 게슈타포에 체포되어 테겔 군軍 감옥에 수감된다. 1944년 8월까지 그는 읽고 공부하고 쓰는 일(편지, 주석, 초고……)을 계속한다. "지금 내가 기도하며 구하는 것은 그저 자유입니다. 전혀 기독교적이라 할 수 없는 포기도 있지요. 그러나 우리 기독교인들은 다소간의 조바심과 향수를 느낀다고 부끄러워할 필요는 없습니다. 자유와 이 땅에서의 행복과 유능함을 간절히 원한다고, 그리하여 본성을 거스르는 것에 저항한다고 부끄러워해서는 안 된다는 말입니다."(옥중서한, 1943년 11월 18일)

• 폰 슈타우펜베르크의 히틀러 암살 기도가 1944년 7월 20일 실패로 돌아간 뒤 게슈타포는 이 음모에 그가 연루되어 있음을 증명하는 서류를 발견한다. 형 클라우스와 매형 뤼디거 슐라이허가 잇달아 체포된다. 1944년 10월 8일, 그는 베를린 프린츠알브레히트 가街의 게슈타포 지하 감옥으로 이송된다.

1945년 2월 7일에는 부헨발트 강제수용소로 옮겨지며, 뒤이어 레겐스부르크와 플로센부르크 강제수용소로 이송된다.

• 1945년 4월 9일 처형당한다. 한스 오스터 장군, 빌헬름 카나리스 제독, 테오도어 슈트륀크 변호사, 카를 자크 판사, 루트비히 게레 대위도 함께 처형된다. 한스 폰 도나니는 작센하우젠에서 처형되며, 클라우스 본회퍼와 뤼디거 슐라이허를 비롯해 또 한 명의 가담자 F. J. 페렐스는 베를린에서 처형된다.

"죽음에 대한 생각이 최근 몇 년 사이 우리에게 점점 더 친숙해져버렸다. (…) 그 어떤 명목으로도 용납되어서는 안 되는 일종의 낙담이 자리잡고 있음을 그 누구도 모르는 바 아니지만, 그래도 죽고 싶다고 말하는 것은 옳지 않을 것이다. 포기해버리기에 우리는 지나치게 호기심이 많다. 무엇보다 우리는 상처 입은 이 삶이 무슨 쓸모가 있는지 알고 싶다. 삶은 우리에게 너무도 소중한 것이기에 우리는 죽음을 이상화할 수 없다. (…) 우리는 여전히 삶을 사랑하지만, 그럼에도 더는 죽음에 놀라지 않는다. 전쟁의 수많은 양상을 이미 경험한 우리는 죽음이 갑작스럽고도 우연하게 피상적인 방식으로 우리를 덮치지 않기를 감히 기대할 수 없게 되었다. 죽음이, 충만한 삶의 한복판에서 우리가 온전히 참여해 이루어지는 무엇이기를 기대해볼 수 없게 되었다는 말이다. 그러나 우리의 죽음을 우리 스스로 완전히 동의한 죽음으로 만드는 것은 외적인 조건이 아니라 우리 자신이다."(1942년 말)

단장 21

어느 날 그는 마침내 다마스크 천을 세탁소에 가져가기로 마음먹는다. 페기가 빈집 앞에 내다놓은 쓰레기통에서 그가 꺼내온 것이다. 그는 세탁물을 찾아와서는 천을 펼쳐놓고 부드러운 윤기가 흐르던 본래의 결과 상앗빛 색조를 되찾았는지 확인한다. 포도주와 소스 자국이 완전히 지워진 것은 아니어서, 연분홍색과 황갈색 얼룩이 천의 무늬와 섞여 희미하게 남아 있다. 그것들은 보일 듯 말 듯 열린 꽃봉오리나 아침 안개 속에 모습을 드러내는 시든 꽃을 연상시킨다.

이 희미한 꽃들의 흔적을 한참 동안 살피며 그 어렴풋한 윤곽을 손끝으로 더듬어서인지, 그는 그날 밤 꿈속에서 그것들을 다시 본다.

꿈속에 페기가 나타난다. 마지막으로 만났을 때 보았던 모습 그대로다. 자잘한 꽃과 나비 무늬가 있는, 밝은 색상의 하늘거리는 원피스 차림이다. 그 순간, 페기를 향한 욕구에 불타던 사춘기 시절 꿈속에서 보았던 것처럼 갑자기 그녀가 몸을 흔들며 맴돌기 시작한다. 점점 더 빨리 도는 것이 아니라 점점 더 넓은 원을 그리며 돈다. 원피스 자락이 앞뒤로 천천히 흔들리기 시작하더니 위로 쳐들리며 큰 화관처럼 열린다. 그렇게, 작은 꽃과 나비가 수놓인 원피스가 그녀의 몸 중심에서 떠다닌다. 하얀 배와 가는 허리, 엉덩이의 맨살을 부드러운 광채로 감싸며. 성기는 전처럼 태양을 닮은 엉겅퀴 모양이 아니라, 무수한 꽃잎들로 이루어진 작약 같다.

그 순간 꽃들이 천에서 떨어져나오고 나비들이 날아올라 천천히 춤을 춘다. 원피스는 사라지고, 오렌지빛 줄무늬가 진 우윳빛 후광만이 알몸인 여자의 허리를 감싼 채 남아 있다. 작고 동그란 젖가슴이 아름답다. 유륜은 싱싱한 개암색이며, 유두 자체는 개암 씨를 닮았다. 피부에는 깨알 같은 주근깨가—나비 날개에 박힌 안상 반점이 아니라면—가득 박혀 있다.

작약이 꽃잎을 떨며 살짝 열린다. 이런 미완성의 상태에서 꿈이 멈춘다.

아니다, 꿈은 멈추지 않고 일탈해 다른 형태로 이어진다. 페기는 사라지고 없다. 아니, 비가시적인 세계의 경계에서 희미한 모습으로 남아 있다고나 할까. 다마스크 천의 옮게 바랜 얼룩들이 안개처럼 희미한 색깔들로, 꽃 모양의 실루엣들로 변한 것처럼.

오직 작약만이 폈다 오므렸다 하는 주먹처럼, 아니 두근대는 심장처럼 남아 있다.

더이상 페기는 보이지 않는다. 우윳빛 안개에 싸인 듯한 허공에서 두근대는 심장 하나만 느껴질 뿐이다. 그 심장이 허공에 떠 고동치는 단조로운 소리가 희미하게 들린다. 꿈이 가시성에서 벗어날수록 소리는 더욱 뚜렷해진다.

누군가를 꿈속에서 보는 것만으로 그 사람이 꿈꾼 사람을 기억해 긴 침묵 뒤에 기별해올 수 있는 걸까? 어쨌거나 한 주 뒤에 마그누스는 페기의 편지를 받는다. 그녀는 마그누스와 그녀의 집—지금은 아니지만—에서 함께한 저녁식사의 기억에서 벗어나지 못해 최근 몇 달 동안 견디기 힘들었다고 썼다. 정확히 무엇이 자신을 힘들게 하는지 스스로에게 묻고 있다. 팀의 죽음 이후 그녀가 차마 고백하지 못했던 수치심이 가중된 것일까? 그의 죽음이 자기 탓이라는 뉘우침, 혹은 이 비극에 대해 아무것도 설명할 수 없다는 무력감일까? 그것도 아니라면 그날 밤 마그누스와 함께 있을 때 일어난 기이한 일, 지금도 이해할 수 없는 그 일에서 느꼈던 놀라움 때문일까? 그녀는 유령도, 신들린 집도 믿지 않았지만, 좋은 감정이든 나쁜 감정이든 그 감정이 고조된 순간 터져나오는 힘을 믿었다. 특히 난폭하게 은폐된 정서가 지니는 힘과 거칠게 침묵을 강요당한 사유의 에너지를 믿었다. 포로가 된 이 모든 에너지로 충만한 육신, 암묵적인 언어와 거짓, 두려움, 후회로 상처투성이가 된 가슴은 결국 기진맥진해 절규를 터뜨리고야 마는 것이다. 이 모두는 설명할 수도, 설명하려 할 수도 없었다. 실제로 그랬다. 그녀는 얼이 빠진 듯한 마비 상태로 지내면서 자신이 가르치는 학생들과 동료들 앞에서 위신을 지켜야만 했다. 그런데 사흘 전, 자신을 짓눌러온 중압감이 갑자기 걷히며 그간 줄곧 숨통을 조여왔던 불안감이 사라지는 것을 느꼈다. 왜, 어떻게 그런 일이 일어난 것인지 그녀로선 알 수 없었고, 알려고도 하지 않았다. 그저 홀가분해진 마음과 변화를 확인했을 뿐이다. 자신이 고통에서 해방되기 시작했음을. 그렇다고 이미 일어난 사건을—팀의 죽음에 대한 책임을—잊거나 부정하거나 부인하지는 않았다. 팀을 향한 불쾌감이 점차 반감으로 발전하고 급기야는 치명적인 증오심으로 변해간 과정을 말이다. 그녀는 이처럼 사랑이 서서히 망가져가는 것을 경험한 적이 있는지 마그누스에게 물으며 곧 덧붙인다. 그가 이런 경험을 한 적이 한 번도 없기를, 앞으로도 그렇기를 바란다고.

그리고 수십 년이 걸리는 경험을 지난 사흘 동안에 모두 한 느낌이라고 쓴다. 활기를 되찾고 앞을 보며 나아가는 느낌이라고. 더이상 자신의 잘못을 감추지 않고, 마치 치명적인 상처를 입은 작은 짐승을 살리겠다는 희망을 놓지 않듯 그것을 품에 안게 된 것 같다고.

이 모든 말을 그에게 전하고 싶어 편지를 쓴다고 그녀는 고백한다. 고의든 아니든 그가 그녀의 마음속에서 타오르던 광기를 자극해 폭발시키고 사그라지게 해주어 고맙다고. 자신이 하는 이 모든 말을 그가 이해하지 못해도 하는 수 없지만, 그래도 자신의 마음을 알리고 싶었다고.

마지막으로 그녀는 적는다. 언젠가 빈에 오고 싶다면 대환영이라고. 손님들을 맞을 수 있는 꽤 넓은 아파트를 빌렸다는 말도 잊지 않는다.

그녀의 편지는 이처럼 따뜻하면서도 막연한 초대의 말로 끝난다. 마그누스는 지체 없이 이 초대에 응해 다음달 빈으로 가기로 결심한다.

속창

중국의 회색 소가
외양간에 누워,
등을 죽 편다
같은 순간
우루과이의 소는
누가 움직였는지 보려고
몸을 돌린다.
새가 소리 없이
지구를 돌며
낮이고 밤이고
두 소 사이를 날아다니나
지구를 건드리지도
비행을 멈추지도 않는다.

쥘 쉬페르비엘, 「중국의 회색 소가…」, 『무구한 도형수』

단장 22

두 사람이 나신으로 처음 마주한 순간, 마그누스는 발밑의 땅이 꺼지는 느낌이었다. 과거의 모든 꿈이 갑자기 단단한 덩어리로 뭉쳐져, 마침내 찾아온 현실을 산산조각내고 말았다. 페기의 몸이 이미 너무 친밀하게 느껴졌던 터라, 이렇게 갑작스레 그녀의 나신을 대하고 보니 어쩐지 난폭하고도 부조리한 느낌에 사로잡혔다. 그녀를 향한 욕구가 너무도 강렬해 오히려 성 불능 상태가 되어 몸도 말을 듣지 않았다.

그녀와 몸을 바싹 맞대고 누워서도 그녀를 제대로 바라볼 수도 애무할 수도 없었다. 시야가 흐려지고, 꿈속에서 본 페기의 전라의 영상들이 눈앞의 실제 모습과 겹쳐 그녀의 살갗에서 일렁이는 통에 그녀에게 손을 댈 수조차 없었다. 페기가 그의 손을 잡아 자신의 가슴에 가만히 올려놓았다. 그의 몸을 마비시키고 떨게 하는 마음의 동요가 가라앉기를 기다리면서 그녀는 말없이 미소만 지었다. 그러나 흥분은 더욱 고조되어, 마그누스는 자신의 손이 점점 무거워지면서 페기의 젖가슴에 달라붙어버린 것만 같았다. 촉각과 청각이 뒤섞여 손바닥이 심장박동 소리를 듣고 있었으며, 이 소리는 그의 온몸으로 퍼져나갔다. 그의 몸은 이제 소리를 포착해 공명하는 기관에 지나지 않았다. 그는 마치 심한 열병에 걸린 사람처럼 떨고 있었다.

그의 손바닥 밑에서 두근대고 핏속에서 윙윙대는 이 심장은 이제 페기의 심장이라고만은 할 수 없었다. 그것은 소리를 내는 양피지였다. 메이의 심장이 거기서 어렴풋한 울림을 전해오며 그를 부르고 과거를 환기시켰다.

메이가 죽은 뒤 다른 여자들과 잠자리를 같이하긴 했지만 어떤 여자도 그처럼 생생하게 기억을 자극하지는 못했다. 그녀들에게는 순간의 욕구를 느꼈거나 가볍고 일시적인 사랑에 빠졌다. 쾌락과 망각을 가져다준 덧없는 연인들. 십 년의 세월 동안 그를 황홀경에 잡아두었던 여자에 대한 끈질긴 기억을 해치지 않는 무해한 연인들이었다. 메이는 친구이자 연인이며 공모자였던 자신의 자리를 그 누구에게도 물려주지 않았다. 아무도 도달할 수 없는, 아주 높은 지점까지 끌어올려진 자리였다. 구름 한 점 없는 하늘과 푸른 허공에, 끔찍한 고독과 재災 사이에 자리한 지점이었다.

그런데 이 빈자리가 느닷없이 흔들리기 시작했다. 메이는 날 사랑했을까? 나는 그녀를 사랑했을까? 내가 누군가를 한 번이라도 사랑한 적이 있을까? 수년 전부터 그를 괴롭혀온 이 질문에 대한 대답을 마그누스는 찾아냈다. 조용하고도 깊은 긍정이었다. 그는 한참 동안 소리 없이 울었다. 이 눈물이 흘러 페기의 머리카락과 시트를 적셨다. 또한 그의 손바닥을 가득 채운 소음을, 그의 몸속에서 고동치며 부드러운 웅성임으로 화한 이 소음을 적셨다. 페기는 자신의 얼굴을 그의 얼굴에 바싹 갖다대고 그의 눈을 어루만지고는 그의 눈물을 새끼 고양이처럼 핥았다. 그렇게 핥으면서 웃더니 노래를 흥얼거렸다.

그러자 양피지인 심장이 먼젓번 소리들보다 희미한 여러 다른 소리를 울려댔다. 그 소리들은 보일 듯 말 듯 미세한 파문을 일으키며, 마치 먼 과거의 시간으로 거슬러올라가듯 퍼져나갔다. 어쩌면 그가 태어나기도 전, 그의 몸이 어머니 몸의 어두운 물속에서 천천히 형성되던 시간으로.

그렇게 그는 잠이 들었다. 페기의 젖가슴에 손을 올려놓은 채. 잠에서 깨어났을 때는 내면의 모든 울림이 잠잠해진 상태였다. 어떤 생각도 그의 행동을 제어하지 않았고, 욕구도 자유롭게 표출되었다. 이번에는 몸도 욕구를 저버리지 않았다.

이미 수년 전의 일이지만 그 일은 영원히 꺼지지 않는 여린 불빛처럼 마그누스의 기억 속에서 어렴풋이 계속 타오르고 있다.

그는 그 장면을 정확한 시간과 공간 속에 배치할 수 있다. 1974년 6월 어느 저녁, 빈에 있는 페기의 아파트. 오랫동안 되씹었지만 그후 잊어버린 욕구, 그러나 차츰 되살아나 다시 상처 입고 방황하게 된 이 오랜 욕구의 개화. 이 사건은 바로 그런 것이었기에 마치 시간을 초월한 것인 듯 여겨진다. 멀고도 아주 가까우며, 언제나 생생함을 잃지 않는 사건이다.

두 사람은 도버 절벽 위에서 일어난 비극을 그후 다시는 언급하지 않았으며, 마그누스 역시 자신의 과거에 대해 침묵을 지킨다. 저마다 자신이 짊어진 시간의 무게를 조심스레 감당한다. 그들은 그 무엇도 부인하거나 삭제하지 않는다. 하지만 상대방에게 전부 털어놓고 싶다는 소망은 헛된 것임을 안다. 아무리 가까운 사이라 해도 상대방 없이, 상대방과 관계없이 경험한 것을 공유할 수는 없다는 사실을 안다. 그것이 사랑이든 증오든 간에. 그들이 공유하는 것은 현재이며, 각자의 과거 역시 이 현재의 눈부신 그늘 속에서 조용히 모습을 드러낼 따름이다.

두 사람이 성 아우구스티누스 수도회 성당 지하 납골당에 들른 어느 날, 합스부르크가 사람들의 심장이 담긴 유골 단지를 바라보는데, 소진된 열정들을 둘러싸고 형성되는 필연적인 조심성이—이 열정들이 지닌 온갖 미묘한 흔적과 힘, 모순을 정확히 전달하기란 불가능하기 때문에―그들 보기에 갑자기 비장감을 띤다. 벽면을 파서 철책으로 보호해놓은 공간, 창백한 빛에 잠긴 그 작은 공간에, 끌로 조각된 다양한 크기의 은단지 오십여 개가 두 개의 반원을 그리며 포개어져 있다. 살아 있던 심장들, 여제女帝의 젖가슴과 전능한 황제의 가슴속에서 오만하게 두근대던 심장들이다. 열정은 물론 두려움, 분노, 질투, 꿈, 회한, 수치심, 희망으로 두근대던 심장들이다. 독일 민족의 신성로마제국이 황금시대와 철의 시대, 영광의 시대와 피의 시대를 차례로 경험했을 때 각각의 시대를 예고했던 그 위풍당당한 심장들. 그것들에서 이제 남은 것이라고는 포르말린에 절어 쪼그라든 근육뿐이다. 공허의 언저리에서 보초를 서는 일련의 노쇠한 근육들이다. 그런데 살아 있는 자들 역시 그들 기억의 한구석에 유물함을 감추어둔다. 지나가버린―정도의 차이는 있지만―고통과 기쁨, 원한, 사랑의 유물함을.

페기와 사귀던 첫 두 해 동안 마그누스는 자주 런던으로 돌아가 병으로 점점 쇠약해져가는 로타르 곁에서 시간을 보냈다.

점차 시력과 목소리를 잃어가고 이제 걷기조차 힘들어진 로타르는 그의 서재 창가에 놓인 안락의자에 온종일 앉아 있었다. 그러나 이런 불구 상태를 불쾌한 박탈로 느끼기는커녕 오히려 스스로를 연마하는 힘으로 삼았다. 그렇게 로타르는 마비된 몸으로부터 무한히 열린 기다림과 인내의 깊은 의미를 끌어냈다. 예기치 못한 일 외에는 그 무엇도 기대하지 않는 기다림이었다. 이 부동성에는 긴긴 명상이 차분하게 깃들어 있었다.

실어失語의 상태에서 그는 내면의 정적이 지닌 쓴맛을 보았다. 이 정적 속에서 언어는 매듭이 풀리고 매 단어에 새로운 무게가 실리면서 울림이 더욱 풍부해졌다. 그리고 침묵이 활기를 띠었다. 그런가 하면 실명失明을 통해 그는 사물을 보는 또다른 방식을 발견해, 눈에 보이는 것들의 이면을 보게 되었다. 장님인 그의 얼굴과 움직이지 않는 손 위로 한 줄기 빛이 퍼졌다. 무엇보다 미소가 환히 빛났다. 누군가 서재에 발을 들여놓기 무섭게 그는 그쪽으로 얼굴을 돌렸고, 상대방이 말을 꺼내기도 전에 문을 여는 방식이나 발소리로 그가 누군지 알아차리고 미소를 보냈다. 많은 것을, 말로 표현할 수 없는 모든 것을 말해주는 미소였다. 극단에 이르도록 농축되어 순수한 무無가 되어버린 이 '모든 것'이 그의 존재를 속속들이 발가벗겨 그에게 지적이면서도 겸손한, 스스럼없는 선량함을 부여했다.

육신의 소리 없는 어둠 속에 거주할 것을 강요당한 그는 요컨대 다중의 대화를 나누고 있었다. 죽은 자와 산 자를 비롯해 그 자신과, 그리고 무엇보다 자신 안에 은밀하고도 당당하게 현존

하는 미지의 대상과.

어느 날 저녁 이 미지의 대상이 가시적인 세계 저편에서 그의 온 존재를 소환했다. 마그누스는 거기 없었으며, 장례식 날에야 그곳에 도착했다.

에리카의 남편이 조사弔詞를 낭독했다. 로타르가 말년에 끊임없이 파고들었던 성서의 두 텍스트—예언자 엘리야가 호렙 산 쪽으로 올라가는 「열왕기 상」 19장과 「마태복음」의 '산상수훈'—를 주된 내용으로 쓴 조사였다. 사고가 180도 전환되고 신앙이 우둔함을 철저히 벗어던지게 하는 텍스트. 이런 영적인 결렬에서 야기된 행동을, 엄격하면서도 유연하고 대담하면서도 일관성 있게 실천에 옮기게 하는 텍스트였다.

장례식 다음날 미리암이 마그누스에게 끈으로 단단히 묶은 상자 하나를 내밀었다.

"지금 열지 말고 집에 돌아가거든 열어요. 아저씨한테, 아저씨한 사람에게 주려고 만들었거든요."

수줍음 많고 불안해하는 사람들이 종종 보이는 무뚝뚝한 태도로 그녀가 말했다.

마그누스가 놀란 표정을 짓자 그녀가 설명을 덧붙였다.

"작품은 아니에요. 그것보다 더한 거죠. 어쩌면 더 못한 것일 수도 있지만…… 모르겠어요."

이 수수께끼 같은 선물에 대해 그가 고마움을 표시하려 하자 그녀가 말을 막았다.

"아니, 고마워할 필요 없어요. 내용물을 먼저 본 다음, 고맙다고 해야 할지 저를 꾸짖어야 할지 결정하세요. 하지만 제발 런던을 떠나기 전에는 열어보지 마세요. 아무한테도 말하면 안 되고요. 특히 제 부모님한테는요."

이렇게 말한 뒤 그녀는 가버렸다.

그는 미리암이 원하는 대로, 빈으로 떠나는 비행기 안에 자리를 잡고서야 상자를 열었다. 그러나 반쯤 열다 말고 상자를 도로 닫아버렸다. 여행 내내 그는 창 쪽으로 눈길을 돌리고 무릎에 놓인 상자를 양손으로 꽉 쥔 채 자리에 꼼짝 않고 앉아 있었다.

저 아래로 초록 줄무늬가 진 강철 같은 회색 바다가 펼쳐져 있다. 저편 육지에는 도시와 마을, 갈색 혹은 노란색 사각형으로 잘린 들판, 어둡고 빽빽한 숲이 보이고, 반짝이는 물웅덩이와 은회색 띠로 축소된 강과 호수도 보인다. 고요하면서도 위협적인 힘으로 충만한, 검고 흰 바위산들도 눈에 띈다. 어쩌다 구름이 이 모두를 뒤덮기도 하고, 때로는 구름장이 갈라지며 아찔하게 터진 틈새로 시선을 낚아채 빨아들인다.

종이 상자 속에는 로타르의 데스마스크가 들어 있었다.

반향

"이분은 로타르 외삼촌이다"라고 테아는 말했다.

로타르. 그녀가 입에 담기를 거부하고 외면한 오빠. 추방당한 자. 어디선가 난데없이 나타난 낯선 자.

"경건한 사람의 삶은 하느님께 무언가를 바치기보다 하느님에게서 받아들이는 삶이며, 소유하기보다 욕구하며 경건하기보다 경건해지는 삶이다"라고 마르틴 루터는 말했다.

로타르 슈말커는 아무것도 소유하지 않았고, 자신이 받아들인 가난으로 넘치도록 베풀었던 사람이다.

"우리 앞에는 혹독한 날들이 기다리고 있습니다. 그러나 이제 제게 무슨 일이 일어날지는 별로 중요하지 않습니다. 저는 산의 정상까지 가보았으니 말입니다. 더이상 걱정하지도 않습니다. 누구나 그렇듯 저도 오래 살고 싶긴 합니다. 장수도 나름대로 가치가 있으니까요. 하지만 이제는 그런 것에 거의 관심이 없습니다." 암살당하기 전날 마틴 루서 킹은 이렇게 말했다.

로타르 베네딕트 슈말커 목사는 장수의 대가를 치렀다. 산의 그늘진 비탈을 아주 천천히 기어오르면서.

"나는 인간들의 손이 아니라 하느님의 손안에 있다는 확신이 듭니다. 그러고 나니 만사가 쉬워졌습니다. 더없이 가혹한 결핍조차도. (…) 중요한 건, 내게 닥치는 모든 일이 내 안에서 믿음을 찾아낸다는 사실입니다……" 디트리히 본회퍼는 옥중에서 이렇게 썼다.

로타르 베네딕트는 하느님의 빈 손안에 쇠약해진 자신의 몸을 내려놓았다.

"새벽의 검은 우유……
우리는 공중에 무덤을 판다……"

"수년간 네 소식을 전혀 듣지 못했지만……"이라고 로타르는 마그누스에게 말했다.

이제 로타르는 더이상 소식을 전해오지 않을 것이다.

단장 23

로타르가 죽은 뒤 마그누스는 빈에서 살며 불안감이 점점 커지는 것을 느꼈다. 빈은 분명 마음을 끄는 도시이며 마법과 같은 매력을 발산하기까지 한다. 대기에는 우수와 쾌락주의, 순응적인 분위기와 경쾌함, 신랄함과 아이러니, 예의바름과 교만함이 묘하게 뒤섞여 있다. 빈 사람들을 비판해봤자 무의미한 일이다. 그들 스스로도 누구 못지않게 예리하고 세련되게 해낼 수 있는 일이므로. 그러나 간혹 거리나 카페, 전차 안에서 우연히 어떤 대화가 귓전을 스칠 때, 마그누스는 나치즘이라는 장렬한 대大오페라에 대한 노스탤지어의 냄새를 맡는다. 하지만 페기는 마그누스의 이런 경계심을 전혀 느끼지 못하며 이 도시가 마음에 든다. 이곳에서의 체류를 무한정 연장할 수도 있을 것 같다. 그러나 빈에서 칠 년을 보낸 뒤 그녀는 결국 다른 나라에서 교사직을 찾다가 로마에서 자리를 구한다.

마그누스는 로마로 이주하기 전의 이 무질서하고 불확실한 시간을 사랑한다. 일과가 온통 뒤죽박죽되고, 익숙한 공간이 엉망이 되며, 습관에 갑작스러운 변화가 닥친다. 날마다 물건들이 마분지 상자 속으로 사라지고, 발소리나 목소리의 울림이 달라진 아파트 벽을 따라 궤짝들이 쌓여갔다. 이제 곧 있으면 떠날 이 장소가 느닷없이 그리움의 매력을 발산하는 동시에, 앞으로 정착할 새 고장에 대한 호기심도 증폭되어간다. 상반되는 감정이 뒤섞이며 욕구가 이곳과 저곳 사이를 오간다. 그리고 지나간 시간과 미지의 시간 사이에 시위가 팽팽히 당겨지며 달콤한 흥분 속에 현재가 떨린다.

이 여름의 끝 무렵, 낮시간은 아직 길고 저녁 공기는 부드럽다. 어느 오후 다섯시경, 마그누스는 정리정돈이 끝난 것을 축하하기 위해 샴페인 한 병을 가져온다. 그는 궤짝을 이어붙여 거기에 연분홍색과 오렌지색 꽃무리가 진 상앗빛 다마스크 천 식탁보를 깔고 잔 두 개를 올려둔 참이다. 페기가 특히 좋아하는 케이크와 과자를 곁들이고, 은은한 향기를 풍기는 진줏빛 백장미 한 송이도 유리 화병에 꽂혀 있다. '슈네비트헨', 즉 '백설공주'라는 예쁜 이름으로, 혹은 '아이스버그'라고도 불리는 백장미 품종이다. 곰인형 마그누스도 샴페인 병에 등을 기대고 앉아 식탁을 장식한다. 곰도 조금 늙어 머리가 한쪽 어깨로 살짝 기울고

양모 주둥이도 까칠해졌으며 가죽 귀와 발도 터져 있는데, 그래도 두 눈만은 미나리아재비의 부드러운 광채를 여전히 발한다. 목에 둘려 있던 스카프는 사라지고 대신 가는 줄 끝에 검붉은 벨벳 주머니가 매달려 있다.

단순한 장식물 이상인 곰은 새 출발을 알리는 축하연에 한몫을 한다. 자신과 이름이 같은 이 남자의 삶 내내 그랬듯이. 다마스크 천은 런던의 집에서 함께한 그 끔찍한 작별의 저녁식사를 환기시키려고 거기 있는 것이 아니라 이제는 완전한 현실이 된 어떤 사랑의 꿈 위로 반쯤 열려 있던 눈꺼풀이었기에 그 자리에 와 있다. 지금은 미래를 바라볼 시간이지, 결단코 과거나 과거의 망령들을 돌아볼 시간이 아니다.

샴페인 병이 비자 마그누스는 병을 물로 채우고 거기에 석양빛에 분홍색으로 살짝 물든 백장미 꽃대를 꽂는다. 그리고 곰인형을 다시 이 병에 기대앉힌 다음 곰인형의 목에 걸린 벨벳 주머니를 벗겨 페기에게 내민다. 그녀가 이 작은 주머니를 열자 반지 하나가 나온다. 갈지자로 가느다랗게 팬 홈에 붉은 루비가 여러 알 박힌 순금 반지다. 그녀는 오목한 손바닥에 이 반지를 올려놓고 보석이 아니라 무슨 이상한 곤충이나 식물이라도 되는 양 바라본다. 마그누스가 반지를 집어 페기의 약손가락에 끼워주지만 손가락이 너무 가늘어 반지가 헐겁다. 가운뎃손가락도 마찬가지다. 집게손가락에 끼우니 그제야 반지가 제멋대로 돌아가거나 하지 않는다.

"그러고 보니 이 손가락은 뭐든, 아주 멀리 있는 것까지 가리키는 일을 맡고 있지. 침묵조차도 말이야. 그렇다면 이 손가락이야말로 영원한 혼약의 반지가 어울린다 하겠군." 마그누스가 말한다.

반지 안쪽에 그는 '당신'이라는 말을 새겨넣었다. 페기와 이야기할 때 자주 입에 담게 되는 말이다.

그녀와 만나거나 헤어질 때, 그녀에게 전화를 걸 때도 쓰는 말이다. 오직 페기에게만 사용하는 이 호칭은 충만한 욕구와 격조가 깃든 인칭대명사이지만, 동시에 거기에는 마그누스가 스스로를 향해 던지는 일말의 조소가 묻어 있는 것도 사실이다. 자신이 빠져 있는 사랑의 환희를 자조한다고나 할까.

그는 페기에게 인근 레스토랑에서 저녁식사를 하자고 제안하지만 그녀는 오랫동안 발길을 끊었던 하일리겐슈타트 구역에 가보고 싶어한다. 도시 반대편에 자리한 그곳까지는 꽤 먼 거리여서 두 사람이 도착할 즈음에는 이미 날이 저물었다. 그들이 들어간 시골풍 음식점 마당에는 초롱불들이 환하고, 마로니에 아래

배열된 긴 나무 식탁들 대부분에는 손님들이 차 있다. 빈자리를 찾는 페기의 눈에, 마당 맨 안쪽에 놓인 작은 테이블에서 사람들이 일어서는 모습이 보인다. 반투명의 붉은 줄무늬 금반지를 낀 집게손가락으로 그녀가 빈 테이블을 가리킨다.

초롱에서 퍼져나오는 맑고 은은한 빛이 나뭇가지들의 그림자를 엷은 황톳빛 안개로 만든다. 이 빛은 식사하는 사람들의 얼굴 위에서 아롱거리며 병과 잔에 담긴 백포도주를 반짝이게 한다. 백포도주는 시시각각 레몬이나 벌꿀, 밀짚색 같은 다양한 빛을 띤다.

포도주는 잔 속에서 차랑차랑 소리를 내다가 사람들의 입안에서 상쾌하게 맴돌았으며, 곧 어떤 이들의 목구멍에서 아름다운 노래가 되어 흘러나온다.

마그누스와 페기의 옆 테이블에 자리한 손님들도 악흥樂興에 젖어 있다. 그들은 장황한 토론을 벌이다가 간간이 요란한 웃음을 터뜨렸으며, 대중가요를 흥얼대다 가곡을 부르고 다시 연가로 돌아온다. 그중 한 명은 나이 탓에 목소리가 조금 흐려지기는 했어도 성량이 깊고 풍부하다. 베이스바리톤의 이 목소리를 모두가 기분좋게 경청한다.

"왜 그래? 어디 불편해?"

페기가 귀를 기울이다 말고 불쑥 묻는다.

마그누스는 그녀를 마주하고 반듯이 의자에 앉아 있다. 멍한 시선에 얼굴이 창백하다.

그는 정신을 가다듬고 말한다.

"아무것도 아냐…… 술기운에다 덥고…… 좀 피곤하기도 하고."

그는 미소를 지으려 애쓰며 덧붙인다.

"쉿, 노래를 들어봐."

그 바리톤의 목소리가 도드라져 다른 모든 목소리를 제압한다. 그는 목소리의 주인이 보고 싶어 견딜 수 없다. 그래서 옆 테이블 쪽으로 천천히 몸을 돌려 이 바리톤 가수를 찾는다. 일흔 살가량 된 남자가 눈에 띈다. 햇볕에 그을린 머리 가죽이 가느다란 화관처럼 돋은 흰 머리털과 대조를 이루어 돋보인다. 그는 비스듬히 옆모습만 보이는 그 남자의 코를 주시한다. 짧고 곧은 코다. 하지만 코는 수술을 하거나 갖다붙일 수도 있다고 마그누스는 생각한다. 남자는 색깔이 짙은 직사각형의 거북 등껍질 테 안경을 썼다. 안경 안쪽의 눈은 잘 보이지 않으며, 콧수염으로 반쯤 가려진 입 모양도 가늠하기 어렵다. 콧수염이 짧게 깎은 턱수염으로 이어지며 코 밑에서 턱까지 흰 타원을 그린다. 이제 남자의 손에 시선이 머문다. 반점이 박힌 피부 밑으로 정맥들이 불거진, 세월의 흔적이 새겨진 작고 다부진 손이다. 너무도 빈틈없이 손질된 두 손이 무척 인상적이다.

마그누스는 자리에서 일어나 한 종업원에게 다가가 말한다. 아내에게 깜짝선물을 해주고 싶은데, 아내는 슈베르트의 가곡 〈사랑의 정령〉을 특히 좋아한다고. 목소리가 몹시 아름다운 저 남자한테 혹시 그 가곡을 아는지, 불러줄 수 있는지 물어봐달라고.

"아, 발터 씨 말이군요!"

종업원이 웃으며 대답한다.

"정말이지 노래 실력이 아직 대단하죠. 여든이 가까운 나이인데 말이에요! 목소리만 저렇게 생생한 게 아니랍니다. 아름다운 여자들에 대한 안목도 여전하죠!"

"저분을 아세요? 성함이 뭐죠?"

"발터 되를리히 씨예요. 이 동네에 사시는데, 저희 식당에 자주 오시는 단골이죠. 선생님의 부탁을 전해드릴게요. 이름 모를 아름다운 여인을 위해 노래하게 된 걸 자랑스러워하실 겁니다."

마그누스는 페기 곁으로 돌아와 그 발터 되를리히라는 남자를 더 잘 볼 수 있도록 자리를 잡는다. 종업원이 그 남자에게 다가가 귀에 무어라 소곤거린다. 그러자 남자가 미소를 지으며 주변을 둘러본다. 〈사랑의 정령〉을 헌정할 그 매혹적인 여인을 찾고 있는 것이 분명하다. 그는 목소리를 더 잘 내기 위해 자리에서 일어서서 노래를 부르기 시작한다.

"데어 아벤트 슐라이에르트 플루어 운트 하인

인 트라울리히 홀데 뎀머룽……"*

남자는 마로니에가 드리운 금빛 조명 속에 꼿꼿한 자세로 서서 노래를 부른다. 그의 입이 어둠의 달콤한 심연처럼 커다랗게 열린다. 죽음의 냄새를 풍기는 달콤함이다.

"디 보이메 리스펠른 아벤트장

데어 비제 그라스 움가우켈트 린트……"**

그는 허공에 대고 천천히, 씨 뿌리는 사람의 몸짓을 해 보인다. 피와 공포와 재의 씨를 뿌리는 사람. 마그누스는 그 옛날 황야 근방에 자리했던 집 거실의 자줏빛 커튼을 다시 보는 듯하다. 커튼 주름 사이로 어린 소년의 환영이 모습을 드러낸다.

"데어 가이스트 데어 리베 비르크트 운트 슈트렙트……"***

흰 타원형 테가 둘린 어둠의 입이 마치 주문처럼, 가락을 붙여 〈사랑의 정령〉을 왼다. 공들여 발음한 한마디 한마디가 마치 산酸 용액처럼 방울방울 마그누스 위로 떨어진다. 그는 소리지르고 싶

---

* "저녁이 풀밭과 작은 숲에 / 황혼의 부드럽고 다정한 베일을 던진다……"(원주)

** "나무들은 저녁의 노래를 속삭이고 / 들판의 풀이 천천히 떨린다……"(원주)

*** "사랑의 정령이 나아가며 사방을 휘저어놓는다……"(원주)

은 격한 욕구를 억누르기 위해 이를 악물고 두 주먹을 불끈 쥔다. 예전에 자주 들었던, 그가 익히 아는 가사와 멜로디다. 〈사랑의 정령〉, 테아가 좋아했던 노래.

커튼이 묵직해지면서 주름 하나하나가 균열이 되고 검은색과 자주색의 긴 구덩이가 되어 수천의 실루엣이 그 안에서 떨린다. 페기는 매료된 표정으로, 이 시골풍 음식점 마당의 마로니에 밑에서 열린 즉흥 음악회에 귀를 기울인다. 이 저녁나절에 치러진 즉석 약혼식은 너무도 매력적이고 관능적인 행복이며, 온몸으로 느끼는 감각의 축제다. 그녀는 잔을 들어 마그누스의 잔에 살짝 갖다댄 다음 입술로 가져간다. 그러고는 잔을 내려놓으며 미소를 짓는데, 왼뺨에 보조개가 패고 담녹색 두 눈이 빛을 발한다. 페기, 그가 처음으로 욕망했던 몸이며 첫 키스를 한 입술, 그후 잃어버렸다가 다시 찾은 몸, 그리고 마침내 그가 껴안고, 침투하고, 애무하고, 탐사했으며, 그러고도 욕망으로 남게 된 몸. 페기, 육신의 노래요, 사랑의 육신 자체인 그녀.

"아인 민네블릭 데어 트라우텐 헬트
미트 힘멜스글란츠 디 에어덴벨트."*

* "사랑하는 이의 부드러운 눈길이 / 세상을 천상의 빛으로 환히 비춘다."(원주)

밤의 입이 다시 천천히 닫힌다. 회한에 잠긴 듯 관능적인 한 숨을 내쉬면서. 흰 화환과 흰 턱수염의 노인이 부른 노래에는 의심의 여지 없는 재능이 깃들어 있다. 그윽이 타오르는 그 열정의 불길이 마당 가득 부드럽게 퍼져나가 거기 있는 모든 손님들을 사로잡는다. 계속해서 쏟아지는 박수 소리가, 사이사이 터져 나오는 '브라보'라는 외침과 함께 그의 노래에 경의를 표한다. 음악회가 끝났음을 알리는 시끌벅적한 소리에 마그누스는 정신이 퍼뜩 든다. 커튼이 사라지자 기억이 되돌아오면서 흥분이 가라앉고 내면의 모든 소음이 잠잠해진다. 그가 잘못 생각한 것이 틀림없었다. 잠시 혼돈에 빠져 환각을 경험한 것이다. 독일 가곡 애호가인 이 칠십대 노인이, 놀라울 만큼 닮은 구석이 있긴 하지만, 과거에 나치 친위대 최고 중대 지휘관이었던 클레멘스 둥켈탈일 리 없다. 도망자 둥켈탈은 삼십 년도 더 전에 항구도시 베라크루스에서 비겁한 인간으로 죽음을 맞았으므로. 그렇게 생각하자 마그누스는 안심이 됐으며 의심을 떨쳐버리고 마침내 긴장감에서 벗어난다.

"이 노래는 당신에게 바치는 거야."

그는 페기에게 이렇게 말하며 종업원을 시켜 노래를 부탁한 사실을 털어놓는다. 하지만 그런 시도를 한 진짜 이유에 대해서는 입을 다문다. 페기는 이 사랑의 책략을 전해 들으며 행복에

겨워 웃는데, 그런 그녀 앞에서 그는 어쩐지 자신이 초라해지는 느낌이다.

노인의 성공적인 베이스바리톤 노래 덕분에 그의 테이블 주위로 시끌벅적한 활기가 돌았다. 영웅이 된 노인은 환한 표정으로 사람들과 건배를 나눈다. 노래가 이어지던 내내 흥분한 채로 이 노인에게서 시선을 떼지 못했던 마그누스도 이제 관심을 돌린 참인데, 그 순간 한 남자가 발터 되를리히 뒤에 와 서는 모습이 눈에 띈다. 말끔히 면도한 얼굴에 갈색 스포츠머리인, 마흔 살가량 되어 보이는 남자다. 남자가 노인의 어깨에 한 손을 올려놓았는데, 그 몸짓에서 그가 노인에게 얼마나 큰 자부심과 애정을 느끼는지 짐작할 수 있다. 아들이 아버지에게 갖는 그런 감정이랄까. 실제로 두 사람이 나누는 대화에서 그들이 부자간임이 드러난다. 클라우스라는 이름의 이 남자와 발터 되를리히가 꼭 닮았다고는 할 수 없지만 클라우스가 클레멘스 둥켈탈의 그 나이 때 모습과 닮았다는 사실에는 의심의 여지가 없다. 클레멘스 둥켈탈은 옅은 색의 가는 모발이었던 데 반해 이 남자는 숱 많은 갈색 머리라는 사실을 제외하면 나머지는 일치한다. 같은 체격, 같은 두상, 매부리코에 얇은 입술까지 닮았으며, 활처럼 휜 두 눈썹 사이에 비스듬히 진 주름과 각이 진 턱까지 똑같다. 이제는 늙고 초라해진 둥켈탈은 코가 펑펑해지고 공들여 손질한 수염 덕에 턱도 동그스름해졌지만, 그처럼 정성스러운 은폐의 노력도 절반의 성공에 불과하다. 노래할 적의 목소리 억양과 말할 때의 독일식 발음을 고칠 생각은 하지 못한 것이다. 또한 자기 아들이 옛날의 자기 모습을 그대로 빼닮았다는 사실에도 신경쓰지 못했다. 결국 그는 자신의 가장 큰 자랑거리들에게 배신당한 것이다. 그가 지닌 유혹자의 목소리와, 그가 그토록 사랑하는 사생아, 베를린 동물원의 클라우츠케에게.

마그누스의 내면에 큰 침묵이 자리잡는다. 마치 노래가 흐르는 동안 그의 모든 분노와 격앙된 감정이 소진된 것 같다. 그런데 놀라움이 준 충격이 가라앉으면서 일순간 사라졌던 의심이 다시 머리를 쳐들며 점차 확신으로 굳어진다. 하지만 이 확신을 뒷받침할 명명백백한 증거가 필요하다. 마그누스는 페기에게 핸드백에 메모지가 들어 있는지 묻는다. 그녀는 수첩에서 한 장을 떼어내 그에게 만년필과 함께 내민다. 그는 이 종이에 몇 마디 적어 사등분으로 접은 다음 페기에게 그만 집으로 돌아가자고 한다. 그리고 택시 한 대를 부르고는 식당 입구에서 기다린다. 그런데 택시가 오는 것을 보자마자 테이블에 만년필을 두고 온 척하며 페기더러 차 안에서 기다리라 하고 자신은 서둘러 식당 마당으로 돌아간다. 그는 종업원에게 팁을 주며 발터 되를리히에게 다시 한번 쪽지를 전해달라고 부탁한다. 그러고는 되를리히의 테이블에서 멀지 않은 곳, 낮게 드리운 마로니에 가지들 덕분에 자신의 모습이 눈에 잘 띄지 않는 자리에 서서 곧 벌어질 광경을 살핀다.

종업원이 건넨 쪽지를 노인이 웃으며 받는다. 자신의 노래에 반한 미지의 여인이 보낸 연서戀書임을 암시하는 듯 노인은 쪽지를 흔들어 보인다. 자신을 오르페우스로 여기는 이 늙은 엉터리 배우에게 테이블에 앉은 사람들도 모두 희희덕거리며 농담을 던진다. 마침내 그가 쪽지를 펼치고 내용을 훑어본다. 그러자 곧 미소가 싹 가시며 얼굴이 창백해지더니 급기야 납빛으로 변한다. 테이블에 앉아 있던 사람들도 눈치를 채고 농담을 멈춘다. 노인이 갑자기 머리를 쳐들자 각진 턱이 드러난다. 그는 주먹으로 쪽지를 구긴 다음 거칠게 안경을 빼든다. 그리고 분노로 눈살을 찌푸리며 주위를 찬찬히 둘러보는데, 정체가 드러난 이 위선자의 눈에 공포가 서려 있다. 전쟁이 끝날 무렵 도망자 신세였던 시절의 클레멘스 둥켈탈이 지녔던 눈길이다. 목소리뿐 아니라 그 눈길 또한 위조 불가능한 특징이다. 마그누스는 자신이 찾던 증거를 확보한 것이다. 그는 서둘러 그 자리를 떠나 차 안에서 기다리는 페기에게 돌아간다. 그리고 호주머니에 넣어둔 만년필을 그녀에게 돌려준다. 그런 다음 택시기사에게 그들이 사는 동네와는 멀리 떨어진 다른 동네로 가자고 조심스레 일러준 다음, 페기에게는 시내를 한 바퀴 돌고 싶다고 둘러댄다.

그는 방금 전에 일어난 일에 대해 아무 말도 하지 않는다. 너무 놀라 말문이 막힌다. 유령을 보아서가 아니라, 쾌활한 낙천가의 모습으로 잘 살아가고 있는 비열한 인간을 보아서다. 무진장한 파렴치함과 탐욕으로 무장하고 시간 속에서 요리조리 몸을 피해 나아가는 순전한 살덩이. 인간 공동체에 보란듯이 속해 있는 극악무도한 자. 마그누스는 어찌해야 할지 아직 알 수 없다. 모호한 협박의 내용을 어떤 어법으로 전달할지 궁리하며 종이쪽지에 휘갈겼던 말들을 그저 되씹을 따름이다.

그는 집으로 돌아오는 택시 안에서 내내 페기의 손을 쥐고 있다. 낮과 아름다움의 편에 자리한 인간성과 계속 몸을 대고 있기 위해서.

약주

"노래 실력이 여전하시네요, 클레멘스 둥켈탈 선생님. 죽은 지 삼십 년도 더 된 사람치고는 말입니다. 선생님께는 대체용 목소리가 여럿 있는 게 사실이지요. 오토 켈러, 헬무트 슈발벤코프, 펠리페 고메스의 목소리 같은. 그 밖에 또다른 목소리도 있을지 모르겠군요. 다하우, 작센하우젠, 그로스로젠, 베르겐벨젠의 수많은 당신 '환자들'에게서 훔쳐낸 목소리를 제외하더라도 말입니다.

이 모든 목소리가 당신의 〈사랑의 정령〉을 두고 하고 싶은 말이 많을 겁니다, 클레멘스 둥켈탈 선생님. 이 목소리들이 세상에 대고 기필코 그 말을 할 것임을 믿어도 좋습니다. 아주 가까운 장래에 말이죠.

그렇게 굉장한 선생님의 재주가 아무에게도 알려지지 않은 채 묻혀 있어서야 되겠습니까?

그럼 곧 뵙겠습니다."

단장 24

클레멘스 둥켈탈은 전해 받은 쪽지를 그 자리에서 작은 뭉치로 구겨버리고는 쪽지를 쓴 장본인의 입에 이 뭉치를 처넣겠다고 맹세했다. 그리고 그 장본인의 이름은 알아내지 못하지만 곧 주소를 입수한다. 그는 같은 테이블에 앉아 있던 사람들에게 쪽지의 내용은 밝히지 않은 채 그저 자신의 노래를 못마땅하게 여긴 한 손님이 무례한 글을 적어 보낸 거라고만 둘러댄다. 그리고 종업원에게 누가 이 쪽지를 주었는지 묻는다. 종업원은 어리둥절하다.

"같은 손님인데요. 아내를 기쁘게 해주려고 〈사랑의 정령〉을 청한 손님 말입니다. 아주 만족스러워하는 것 같았는데……"

그때 테이블 귀퉁이에 앉아 있던 한 아가씨가 끼어든다.

"그의 아내라면, 저쪽에 앉아 있던 손님 아닌가요? 등황색 머리에 파랑과 검정 물방울무늬 원피스를 입은……"

종업원이 그렇다고 하자 아가씨가 말을 잇는다.

"제가 아는 분이에요. 영국인 교사죠. 이 년 전에 그분 수업을 들은 적이 있어요."

아가씨가 이렇게 말한 다음 장난삼아 영어로 재잘대자, 사람들은 방금 전 일어난 사건에 흥미를 잃는다. 하지만 사태가 심상치 않음을 눈치챈 둥켈탈의 아들은 거기서 멈추지 않고 묻는다. 변덕스러운 남편을 둔 그 우아한 영어 교사의 이름이 무엇인지. 마거릿 매클레인. 이름을 알아내자마자 그는 아버지에게 피곤해 보인다며 집까지 모셔다드리겠다고 한다.

택시 한 대가 오베를라 온천장 근처의 좁은 길에 한 쌍의 남녀를 내려놓고 사라진다. 늦은 시각이라 거리의 인적은 끊기고 공기도 다소 서늘해졌다. 마그누스는 잠시 보도 가장자리에 서서 차도를 등진 채 호주머니를 뒤져 열쇠를 찾는다. 페기는 차도를 마주하고 그의 곁에 서 있다. 바로 그때 그녀는 자동차 한 대가 아주 가까이 잠복해 있다가 그들을 향해 돌진해오는 것을 본다. 그녀는 소리를 지르며 마그누스를 힘껏 밀어낸다. 아직 호주머니를 뒤지고 있던 마그누스는 그 힘에 밀려 질주하는 차에 허리만 부딪치고 옆으로 튀어오른다. 그곳에 나란히 놓인 쓰레기통들 사이로 그렇게 나가떨어지면서 그는 두 가지 소리를 동시에 듣는다. 똑같은 강도의 둔탁한 소리와 새된 소리. 무언가에 부딪쳐 공중으로 던져진 몸의 소리와, 그 몸이 내지르는 날카로운 외침이다. 그 순간 벌렁 드러누운 자세로 충격을 받아 정신이 멍한 상태에서 그는 놀랍고도 어이없는 광경을 목격한다. 페기가 공중에서 떨어져, 그에게서 삼 미터가량 떨어진 아스팔트 위에 나동그라지는 모습이다. 차는 멈추지도, 속도를 늦추지도 않는다. 그러나 쓰레기통 하나가 차도로 구르는 바람에 갑작스레 진로를 바꾸다 바퀴 하나가 보도 가장자리를 박는다. 그래도 차는 계속 달리며, 그렇게 과속으로 질주하다 길모퉁이를 도는 순간 균형을 잃고 미끄러져 가로등을 박는다.

마그누스는 일어나고 싶지만 그러지 못한다. 허리께에 타는 듯한 통증이 느껴지고 몸이 땅에 못박힌 듯 꼼짝도 할 수 없다. 그는 길가 도랑에 웅크린 채 누워 있는 페기를 부른다. 페기가 있는 곳까지 간신히 기어간다. 얼마 안 가 아파트에서 사람들이 나와 두 사람이 있는 곳으로 달려온다. 이제 그의 눈에는 자신을 둘러싼 발들밖에 보이지 않는다. 멀리서 경찰차 아니면 구급차가 울려대는 사이렌 소리가 들려온다. 그는 페기 쪽으로 손을 뻗어 그녀의 머리카락을 건드린다. 머리카락을 축축이 물들인 피가 그의 손가락 끝에 붉게 묻어난다. 그의 위에서 무어라고들 말하는 소리가 들리지만 무슨 말인지 알아들을 수 없다. 페기의 입에서 새어나오는 숨소리만 들린다. 두 사람의 얼굴이 거의 맞닿은 순간, 그는 페기의 입술이 살짝 움직이는 것을 본다.

"팀?……"

그녀가 나지막이 속삭인다. 슬픔과 의문이 동시에 깃든 어조로.

가로등을 박아 부서진 자동차에서 사람들이 두 남자를 끌어냈다. 운전자는 상체가 운전대에 부딪쳐 으스러지고 얼굴이 앞유리창 파편에 찢겨 즉사했다. 그런가 하면 조수석에 앉은 남자는 중상을 입었는데, 무감각하게 늘어진 한쪽 손에 작은 종이 뭉치가 들려 있다. 그러나 아무도 그것에 관심을 두지 않고, 구겨진 종이는 유리 금속 파편들과 피 웅덩이 사이로 떨어진다.

페기 매클레인과 클라우스 되를리히는 같은 날 이 도시의 서로 다른 두 묘지에 묻힌다. 마그누스도 되를리히 노인도 병원에 입원중이라 장례식에 참석하지 못한다. 전자는 허리와 대퇴골에 골절상을 입었고, 후자는 척추가 망가졌다.

오베를라 온천장 근처의 버려진 아파트 안에서는 포장 상자들과 끈적끈적한 것으로 더러워진 유리잔과 다마스크 천 위로 먼지가 내려앉는다. '슈네비트헨'은 헐벗은 꽃대를 허공에 곧추세우고 있다. 그 마른 이파리와 꽃잎이 곰인형 마그누스의 머리 위에, 그리고 두 발 사이에 놓인 샴페인 마개 주변에 소복이 쌓여 있다.

반향

"마그누스?…… 마그누스가 누구죠?" 메이가 물었다.

마그누스는 말라 바스라질 것 같은 장미 꽃잎으로 덮인, 털이 해진 곰인형이다. 그에게서는 매캐한 먼지 냄새가 난다. 장미는 '슈네비트헨'이라 불린다.

마그누스는 넓은 어깨에 얼굴이 각진 마흔 살가량의 남자다. 그는 한쪽 다리를 전다. 그에게서는 강건함과 침울함이 동시에 느껴지며 몹시 고독해 보이는 인상을 준다. '아이스버그'는 그 장미의 또다른 이름이다.

"얼음 조각들로 가득한 커다란 심장을 지닌 고독……"

"사랑이 서서히 망가져가는 것을 경험한 적이 있나요?"라고 페기는 편지에서 물었다.

아니, 사랑이 망가져가는 것을 경험한 적은 없다. 마그누스가 경험한 사랑은 미친 듯한 기다림과 의심, 고뇌와 환희뿐이었다.

수많은 환희의 순간이 있었다. 그리고 갑작스레 닥친 죽음과 이별의 슬픔. 그것도 두 차례에 걸친 경험이었다. 그런데 그 두번째는 제 스스로 무덤을 팠다.

"그런 경험을 한 적이 한 번도 없기를, 앞으로도 그렇기를 바라"라고 그녀는 덧붙였다.

하지만 그는 사랑이 염증을 일으켜 혐오감에 이르도록 방치하는 것보다 더 나쁜 짓을 하고 말았다. 그 생기발랄한 사랑을 죽음의 손에 넘겨준 것이다. 난데없는 광란으로 번쩍이게 된 냉철한 증오의 이름으로, 분노에 사로잡혀 실책을 범함으로써. 그의 사랑보다 더 강한 증오였다.

"내가 미쳐가기 시작하는구나!
그런데 얘야, 넌 어떠냐? 추우냐?
난 춥구나!……"

"그런데 메이는 어떻게 되었을까? 페기는? 그들은 코말라에 남아 있는 걸까?"

길게 땋아내린 검은 머리의 메이. 등황빛 금발의 페기.

그녀와 당신. 그대들은 그곳에, 다른 곳에, 존재하지 않는 곳에 자리한다. 저마다 우리 둘만의 위치에서.

당신은 무얼 할 생각이지 무얼 할 생각이지?……

"내 차례가 올 때까지, 시간이 흐르도록 내버려두는 거지."

"새벽의 검은 우유……
우리는 공중에 무덤을 판다……"

단장 25

마그누스가 지팡이를 짚은 우스꽝스러운 모습으로 퇴원했을 때는 이미 가을이 깊어져 있다. 그는 얼마 안 가 장애인 수당을 받게 된다. 이렇게 해서 그에게 닥친 비극적인 사건은 종결된다. 이 중죄는 살인이 아닌 사고로 분류된다.

재판은 없을 것이다. 클레멘스 둥켈탈은 심판을 받지 않을 것이다. 그가 최근에 저지른 살인에 대해서도, 과거에 저질렀던 수많은 범죄에 대해서도. 휠체어에 몸을 깊숙이 묻은 채 그는 최후의 범죄를 실행에 옮긴 참이다. 친한 친구 한 명에게 부탁해 독약을 처방받아 유쾌한 되를리히 씨라는 가면을 쓴 채 슬그머니 무대에서 사라진 것이다. 이 사건은 의문을 제기하거나 누설할 만한 시간 여유를 갖기도 전에 은폐되고 만다.

이제 와서 심판자의 역할을 자처한들 무슨 소용이 있을까? 마그누스는 지나치게 성급하고 오만하게, 탐정이자 징벌자의 역을 떠맡음으로써 모든 것을 잃고 말았다. 그는 자신의 머리보다 더 단단한 장애물을 향해 미친듯이 돌진하는 숫양처럼 충동적인 행동을 감행한 것이다. 장애물은 결국 굴하여 박살나고 말았지만 그렇게 무너지는 과정에서 모든 것을 파괴했다. 이제 마그누스는 자신이 저지른 잘못과 비정상적인 행동의 증인일 따름이다. 스스로를 가차없이 고발하는, 검찰측 증인이다.

마그누스는 마지막으로 아파트 문을 닫는다. 모든 것이 정돈되어 있다. 무無에 속하는 모든 것이.

말끔히 치워진 빈 아파트 안을 무의 질서가 지배한다. 이삿짐은 헐값에 팔리고, 가구와 식기와 장신구는 경매장으로 넘어갔다. 그는 페기의 옷가지를 다마스크 천으로 포장하고, 그녀의 시신을 감싸고 있기라도 한 듯 무거운 그 수의를 다뉴브 강물에 던졌다. 꽃무늬나 물방울무늬나 나비무늬가 있는 원피스, 카디건, 스카프, 신발, 속옷 등 페기의 소지품들을 위한 흐르는 무덤이었다.

둥켈탈 사건은 존경할 만한 되를리히가의 지하 가족 묘지에 안장되어 땅속에 묻혔다. 그렇게 해서 부자父子는 영원한 공모를 꾀하며 나란히 눕게 되었다.

한편 사랑하는 이의 육신은 차가운 땅 밑에서 고독으로 얼어붙은 채 조용히 해체되어간다. 눈에 띄지 않는 조촐한 묘다. 비단과 면과 벨벳과 테토론과 양모로 된 그녀의 외피, 그녀의 향기가 탁한 강물에 녹아든다.

사랑하는 이의 아름다운 몸과, 욕망을 떨쳐낸 천의 외피. 사랑하는 이의 무분별한 몸과 그 쾌락의 살이 진흙 속에서, 개흙 속에서 썩어간다.

마그누스는 다시 한번 제로에서 출발한다. 고모라 작전이 펼쳐지던 시간, 그에게 주어진 삶이라는 시계 문자판에서 영원히 아가리를 벌리고 있는 그 시간처럼. 그런데 이 제로의 시간은 강렬한 추억으로 가득하고 상喪의 슬픔으로 납빛이 된 시간일 뿐 아니라, 회한과 무력감으로 바싹 마른 시간이다.

절대적인 무無가 그의 안에 자리잡는다. 어떤 질서나 빛도 창조해내지 않는 이 무는 그의 영혼에 무질서와 먼지의 맛만 남겨놓는다. 수치심과 회한을 단번에 떨쳐버릴 수는 없는 법이다.

그는 빈을 떠난다. 짐이라고는 옷가지와 몇 권의 책, 편지, 곰인형, 그리고 로타르의 데스마스크가 든 가방 두 개가 전부다.

그는 런던으로 돌아가지도, 로마로 가 정착하지도 않는다. 머무를 곳을 정하지 않은 채 떠난다. 자신이 가고 싶지 않은 곳이

어딘지 아는 것만으로도 충분하다. 빈, 런던, 로마. 페기의 부재로 그가 추방을 선고당한 세 도시.

"그러니까 마그누스는 아이슬란드인 불법 체류자인 셈이죠"라고 어느 날 저녁 스콧이 말했다. 마그누스는 자신의 모국이라 추정되는 그 나라로 갈 수도 있을 것이다. 하지만 거기 가서 누구를 찾는담? 무얼 발견한담? 그는 이제 출생의 비밀로 고통을 겪기보다 좌절된 사랑의 이 끝없는 어둠에 시달리는데 말이다.

그는 별다른 특징이 없는 외진 장소를 찾는다. 자신의 차례가 올 때까지 시간이 흐르도록 내버려둘 수 있는, 물시계 같은 장소를. 무엇을 위한 차례인지는 자신도 모르지만, 이제 그에게는 이 무지無智야말로 단 하나의 가치 있는 모험이다.

그는 프랑스로 간다. 대도시는 피하고, 군중과 소음과 사람들과의 교제도 멀리한다. 모르방 지방을 지나던 그는 자신의 고독을 정착시킬 고장을 찾아낸다. 방 두 칸짜리 집, 집 자체보다 더 큰 곳간과 외양간이 딸린 집에 거처를 정한다. 성城이 올려다보이는 바조슈라는 작은 마을 근방에 있는 집이다. 이곳에서는 탁 트인 시야가 들과 숲으로 이어지며, 멀리 베즐레 언덕이 보인다.

그에게 아무것도 환기시키지 않는 이름들이다. 마그누스는 이 고장과 이 고장의 역사와 무관하며, 이런 무지가 마음에 든다. 그는 눈을 씻어내기 위해, 들끓는 이미지들을 눈에서 떨쳐내기 위해 이곳에 왔다. 이제 그는 동면에 들기를 원하는 곰인간에 불과하다.

메아리

"넌 바스락대는 소리를 듣는다. 웃음소리……소리…… 이미 지칠 대로 지친 웃음소리, 싫증난 듯한 웃음……듯한 웃음…… 너무 많이 써서 지친 목소리……소리……소리……

넌 이 모두를 듣는다 모두를 듣는다……

……듣는다……

나무들이 저녁의 노래를 속삭인다 어둠의 노래를 노래를……

들판의 풀잎이 가볍게 떨린다……린다……다……

넌 바스락대는 소리를 듣는다. 사랑의 정령이 나아간다…… 아간다……간다……

그날이 올 것이다…… 이 소리가…… 넌 듣는다 이 소리가 사라지는 날이

사라지는 날이…… 너는 듣는다…… 사랑이 나아가는…… 아가는……가는

넌 듣는다 사랑이…… 가는……

넌 침묵의 소리를 듣는다 넌 듣는다

아무것도 안 들린다…… 안 들린다……”

단장 26

마그누스의 동면은 계절이 몇 번이나 바뀌도록 오래 지속되지만 그렇다고 무기력하거나 수동적인 상태로 이어지지는 않는다. 감지되지 않는 느릿느릿한 작업으로 꽉 찬 동면이다. 그는 하루하루, 매 시각, 시간의 불순물이 가라앉도록 내버려둔다. 침식작용이나 동굴 속에 고드름이 형성되는 작용과도 흡사한 작업이다. 광기에 가까운 인내와 집중, 사고의 연마를 요구하는 작업, 자아를 벗어던지는 행위다.

그는 걷고 또 걷는다. 매 걸음 불순물이 조금씩 가라앉으며 사고가 명확해진다. 그는 아침 일찍 일어나 들판으로 나간다. 지팡이로 쓰는 막대기에 어김없이 몸을 의지한 채 조금 비틀거리며 걷는다. 산책의 경로는 구불구불한 가지를 뻗친 커다란 별 모양을 그린다. 그 고장 사람들은 그의 절뚝거리는 형체가 길과 도로와 마을을 지나는 모습이 눈에 익었다. 사람들은 그가 어디서 왔으며 정체가 무엇인지, 이 외진 구석에서 무엇을 하고 있는지 알지 못한다. 그는 자신의 속내를 털어놓지 않는, 말이 없는 사람이기 때문이다. 하지만 그는 아무에게도 폐를 끼치지 않으며 누구에게나 예의바르다. 그의 국적이 어딘지 모르는 사람들은 그의 억양과 과묵한 성격으로 미루어 그가 북유럽에서 왔을 거라 추측하며 그를 '북쪽 남자'라 부른다. '절름발이'라 부를 때도 있지만.

어느 날 그는 숲을 가로질러 흐르는 강 건너편 숲속으로 들어갔다가 풀이 자라지 않는 빈터에 이르렀다. 그 빈터 가장자리를 빙 둘러, 잔가지를 엮어 만든 밀짚 종들이 작은 널빤지 위에 하나씩 놓여 있었다. 마그누스가 한 번도 본 적이 없는 옛날식 벌통이었다. 날씨가 춥고 건조해 휴면에 들어간 이 벌통들은 은빛 서리에 싸여 반짝였다. 빈터 한복판에는 이끼 덮인 작은 돌무더기가 있었다. 둥지처럼 생긴 부분은 그 안의 조각상을 보호하기 위해 만들어진 듯했으나 정작 조각상은 사라지고 없었다. 대신 기다란 적갈색 민달팽이 한 마리가 느릿느릿 그 안을 기어다녔다. 마그누스는 잠시 쉬어가기 위해 그 위에 앉았다. 그 순간 주변에서 무슨 소리가 들려오기 시작했다. 숲속에서 흔히 듣던 것과는 다른 소리였다. 관악기 연주를 시도하는 듯한, 서투르긴 해도 한 가닥 우아함이 깃든, 보다 섬세하고 다채로운 소리였다. 다소 억제된 듯한 멜로디가 아주 가까운 곳에서 들려오고 있었다. 그는 풀숲 쪽을 살피며 귀기울여봤지만 사람은 그림자도 보이지 않았다. 그는 자리에서 일어나 주변을 둘러보다가 마침내 음악의 출처를 알게 되었다. 군데군데 줄기가 이상한 모양으로 움푹 파이고 베인 자국이 있는 너도밤나무들에서 나는 소리였다. 바람이 윙윙대며 나무들 사이를 교묘히 빠져나가고 있었다. 그중 한 나무줄기의 형상은 사람 몸과 흡사해, 미소를 머금은 얼굴과 합장한 손의 윤곽이 어렴풋이 드러나 보였다. 또다른 나무줄기는 나팔을 든 남자의 모습을 닮았고, 그 밖에 심장이나 숫양의 뿔을 떠올리게 하는 줄기도 있었다. 하지만 모두 죽은 나무들이어서 일부는 아직 서 있고 일부는 바닥에 넘어져 있으면서도 하나같이 담장나무와 가시덤불에 감겨 있었다. 나중에 그는 이곳에 다시 와보고 싶었지만 더이상 길을 찾을 수 없었다.

그는 긴긴 시간을 꼼짝 않고 보낸다. 침전물이 제거된 맑은 물이 머릿속에서 방울방울 떨어진다. 그는 헛간을 말끔히 치웠지만, 밟아 다져진 흙바닥의 이 너른 공간은 개조하지 않고 그대로 둔다. 이 공간의 유일한 기능은 바로 아무데도 쓰이지 않는다는 것이다. 무용無用과 무상無償의 호사. 공허에 바쳐진 신전.

문 가까이 의자 하나가 놓여 있다. 마그누스는 이곳에 들어오면 그 의자 등받이를 잡아 헛간 한복판이나 한쪽 벽 혹은 구석에 옮겨놓는다. 그런 다음 거기 앉아 무릎 사이에 세워둔 지팡이에 손을 올려둔 채 몇 시간이고 머무른다. 침묵을 음미하며, 벌어진 벽 판자 사이로 새어드는 빛과 그림자놀이를 즐기며, 아니면 빛줄기 속에서 선회하는 미세한 먼지나 구석진 곳에 걸린 거미줄을 관찰하면서. 들쥐 한 마리가 지나가기도 하는데, 녀석은 잽싸게 다가오다 냄새를 맡고는 방향을 바꿔 다른 곳으로 달아난다. 새들도 합세해 무無의 제단에서 모험을 벌이거나 때로는 자신들의 둥지를 짓기도 한다.

헛간에서 나올 때면 그는 어김없이 의자를 문가에 도로 갖다둔다.

바조슈 교회에는 보방이라는 사람의 묘가 있다. 마그누스는 이 남자에 대해, 그의 저서와 다양한 관심사, 천재성과 용기에 대해 알게 된다. 과도한 지성과 담력, 포용적인 사고로 인해 불행을 당한 사람이었다. 이 뛰어난 인물은 위대하다든지 태양처럼 빛난다든지 하는 부당한 수식어로밖에 불리지 않는 왕에게 실컷 이용당한 뒤 그만 왕의 총애를 잃고 말았다.

그곳에 매장된 그의 시신에는 심장이 도려내지고 없었는데, 그것은 한 세기가 지나고 나폴레옹이 그 심장을 앵발리드 기념관에 안치했기 때문이다. 마그누스는 빈에 머무르던 초기에 페기와 함께 방문했던 성 아우구스티누스 수도회 성당 지하 납골당과 합스부르크가 사람들의 심장—한때 그들의 가슴속에서 형성되어 두근댔지만 절취당하고 만—이 생각났다. 단지 속에 밀봉된 추방당한 심장들. 귀족이나 영웅, 성자들의 시신을 이처럼 그 사지와 뼈, 체모, 장기로 해체해 여러 장소에 분산시키는 것은 야만과 외설과 유치한 마술이 묘하게 뒤섞인 행위처럼 보인다. 메이와 페기, 로타르의 심장을 포르말린에 담가 성 유물함에 보관해 어쩌겠다는 말인가?

그러나 신성한 시신을 이처럼 조각조각 해체하는 행위는 상을 당한 산 자의 몸 안에서 일어나는 또다른 분열 현상과 상응하는 것인지도 모른다. 사랑받았던 사람은 그렇게 사라지면서 이 땅에 남은 자들에게서 약간의 살과 피를 강탈해가니 말이다. 끝없이 내리는 부재不在의 이슬비를 맞으며 추위와 역겨움에 떠는 자들에게서. 일찍이 마그누스의 몸도 그런 강탈을 경험했다. 어머니가, 함부르크의 그 낯선 여인이, 그의 눈앞에서 불타오르며 그의 심장 한쪽을 까맣게 태우고 기억을 경직시켜버린 것이다. 메이 역시 그에게서 살과 심장의 일부를 빼앗아, 말없는 창공에 흩어진 자신의 재와 뒤섞어놓았다. 그리고 페기. 관능의 대大강탈. 욕망이, 일체의 기쁨과 희열이, 축축이 얼어붙은 어두운 땅 속에 매장되고 만 터였다.

아버지에 대해서는 아무 기억도, 단 한 편의 영상도 떠오르지 않는다. 곰인형의 목에 둘린 이름, 자신의 이름이기도 했던 그 이름은 어쩌면 아버지의 이름이 아닐까? 이 불안정한 '어쩌면'이 부자 관계를 대신한다. 로타르. 그의 후견인이자 친구였던 엄격한 보호자. 그러나 이제 로타르가 남기고 간 것이라고는 석고로 만든 데스마스크뿐이다. 눈꺼풀이 감기고 입술이 봉해진 우울한 마스크에는 놀랍도록 인자한 미소가, 남몰래 세상을 밝혀주었던 그 미소가 사라지고 없었다. 사고思考의 끝에서 그가 솟구치게 했던 그 빛도 함께 꺼져버린 것이다. 이제 마그누스는 과거든 미래든 세월의 지평에서 떠오르는 어떤 빛도 분간해낼 수 없게 되었다.

시간을 정화하려는 노력도 먼 곳에서 희미하게 일렁이는 안개를 만들어낼 뿐이다. 서릿발처럼 강렬한 광채를 내비치는 틈새들과 함께.

이것이 모르방의 고독 속에 잠긴 마그누스의 삶이다. 그는 이처럼 무덤들 곁에서 죽은 자들과 우정을 맺는다. 이런저런 나무들, 혹은 어떤 풀밭 가장자리에서 마주친 수소나 어린 양과 말없는 우정을 나누고, 흙과 바람의 냄새나 샘물의 속삭임이나 구름과 덧없는 우정을 나눈다. 순간순간 맺어지는 우정이다.

속창

애무가 아닌
나의 생각
그러나
이 생각으로
나는 너를 건드렸다

너의 기억이나
입 밖에 내지 않은 말들이나
너의 감은 눈처럼
애무가 아닌
나의 생각

그러나 너의 기억
말과 시선은
나의 생각을 어루만지는

지난 어느 날의 애무다.

마티아스 요하네센, 「촉감」

단장 27

8월의 어느 오후, 산책길에서 돌아오던 마그누스는 헛간문 가까이 앉아 있는 노파를 발견한다. 모양새 없는 밀짚모자에다 너무 낡아 색깔이 모호해진 옷, 진흙투성이 나무창 구두 차림의 노파였다. 노파는 팔짱을 낀 채 한가로이 햇볕을 쬐다가 그가 다가오는 것을 보고는 손짓을 하는데, 마치 자기 집 앞에 앉아 있다가 이웃 사람에게 인사를 건네는 것 같다.

"안녕하신가, 아드님!"

노파가 높고 가는 목소리로 묻는다. 아마도 미친 노파인가보다고, 길을 잃고 헤매다 거기가 자기 집인 줄 알고 앉아 있는 거라고 마그누스는 생각한다. 노파의 쭈글쭈글한 얼굴에는 비죽비죽 아무렇게나 털이 돋아 있고, 이가 다 빠져버린 듯한 입은 흉하게 일그러진 모습이다. 이야기책에서 튀어나온 착한 마녀 같다고, 마그누스는 생각한다.

"안녕하세요, 부인!"

혹 노파의 귀가 멀었을지도 모른다는 생각에 그는 소리를 지르다시피 노파의 인사에 응한다.

그러자 노부인이 웃으며 그의 인사를 정정한다.

"여보게, 난 남자야!"

그가 밀짚모자를 벗자 반점이 가득한 대머리가 드러난다. 동시에 그 모자 위에서 졸고 있던 듯싶은 꿀벌들이 그의 머리 주위를 빙빙 돌다가 일부는 이마에, 일부는 얼굴에 앉는다.

"그것도 지혜롭고 행복한 남자지."

이상한 남자는 이렇게 덧붙이며 말을 잇는다.

"난 세상에서 제일 좋은 것, 꿀벌들과 함께하는 삶을 선택했다네. 광기 중에서도 가장 달콤한, 위대한 사랑의 광기가 가져다주는 자유를 말일세. 그러니 난 어느 정도 여자라고도 할 수 있네. 말하자면 마법에 걸린 남자인 게지."

이렇게 말한 뒤 그는 민첩하게 자리에서 일어선다.

체구가 작고 몹시 마른, 등이 굽은 남자다. 하지만 몸은 아직 아이처럼 날렵하다. 그가 모자를 다시 쓰고 손바닥을 벌리자 꿀벌들이 그리로 모여든다. 그는 벌들이 가득 내려앉은 손바닥을 마그누스 앞에 내밀며 말한다.

"벌집 속의 여왕벌은 언제나 분주한 하녀들과 일꾼들에게 둘러싸여 있지. 하지만 내 보기엔 그들 모두가 여왕이야. 일을 하고, 꿀을 모으고, 벌집의 통풍을 위해 입구에서 날갯짓을 하고, 비질을 하고, 문지방을 지키는 벌들 모두가 말일세. 저마다 제 할 일을 하면서 짧은 삶 동안 시종일관 어김없이 임무를 완수하는 거야. 이들을 보게, 내 사랑스러운 여왕들, 빛나는 여왕들을! 태양의 들러리 처녀들을……"

마그누스는 거친 흙빛 수사복을 입은 이 작은 남자가 떠벌리는 말을 제대로 이해할 수 없었다. 가냘픈 목소리에 억양이 몹시 센 지방 말씨다. 남자는 길들여진 이 곤충들과 묘한 말로 재주를 부린다는 인상을 준다. 아니, 난데없이 움직이며 말을 하는 허수아비와 마주한 느낌이다. 그는 이 남자가 어디서 왔으며 자신에게 무얼 원하는지 궁금해진다. 어릿광대 같은 남자가 양손을 움직이자 벌들이 날아오르며 다시 그의 주변을 맴돌기 시작한다.

"난 장Jean 수사라고 하는데, 자네 이름은 뭔가?"

단순하기 그지없는 이 질문에 마그누스는 허를 찔린다. 그리고 자신도 놀랄 만한 대답이 입에서 새어나온다.

"잊었습니다."

그런데 막상 어릿광대 같은 수사는 이런 답변에 전혀 놀라지 않은 기색이다.

"그럴 수도 있지. 좋은 징조야."

온화한 목소리로 이렇게 말한 뒤 그는 종종걸음으로 자리를 뜬다. 금빛 싸락눈 같은 꿀벌들이 그의 모자를 휘감고 돈다.

아무리 생각해도 그는 자신의 이름을 기억해낼 수가 없다. 이처럼 지속되는 망각에 망연자실한 그는 수사의 말과는 반대로 거기서 어떤 좋은 징조도 찾아내지 못한다. 그는 갑작스럽게 주먹질이나 화를 당하듯 자신이 익명 속에 떨어졌음을 느낀다. 요사이 이 상실의 병이 가해온 공격으로 정신의 은밀한 마멸과 타락의 고통이 가중된 참이다. 길과 숲의 고독과 헛간의 침묵 속에서 행한 긴긴 정화의 노력이 가져다준 결과가 고작 이것이란 말인가?

어쨌거나 그는 헛간으로 되돌아온다. 헛간 맨 안쪽 벽에 기대선 채 자신이 알고 사랑했던 이들에게 도움을 청한다. 그러나 그들의 이름은 그에게 불행을 초래한 이들의 이름에 짓밟혀 뒤죽박죽되어 되돌아온다. 그는 테아와 클레멘스 둥켈탈이라는 가증스러운 이름이 내면에서 울려퍼지는 소리를 더는 듣고 싶지 않다. 호르스트 비첼이든, 율리우스 슐라크든, 클라우스 되블리히든, 거짓과 범죄의 악취를 풍기는 그 모든 이름도 마찬가지다. 그러나 그것들은 높고 날카로운 음향이 되어 그의 혀에 끈적끈적하게 달라붙는다.

크나우츠케, 클라우츠케. 이 이름들이 그를 괴롭히고, 입안에서 찰랑대며, 여러 단어 사이에서 벌레가 되어 우글거린다. 클라체, 클랍세, 크날레, 크나렌, 크나케, 크뇔헤, 크나우저, 클렉세……* 따귀를 갈기는 말들, 침을 뱉는 말들. 그는 이 말들이 입이 찢어지도록 하품을 해대는 하마의 붉은 아가리 속에서 큼직한 핏덩이가 되어 굴러다니는 것을 본다. 그것들이 자신의 목구멍 속에서 꾸르륵대며 침을 진창으로 만드는 것을 느낀다. 그는 이 역겨운 웅성임이 잠잠해지도록 나무 지팡이로 바닥을 치기 시작한다.

크나우츠케가 아가리를 닥치도록! 그는 점점 더 세게 바닥을 친다. 머리를 앞으로 쑥 내민 채, 공격 태세의 짐승처럼 이마를 내밀고 이를 악문 채. 몸이 오싹해지며 땀이 흐른다. 얼어붙은 땀방울 하나가 등줄기를 타고 흐른다. 목덜미에서 허리까지 이어지는 종유석이다.

배에서 목구멍까지 이어지는 석순이다. 크나우츠케라는 시궁창이 도로 닫히며 벌레처럼 꼬물거리는 말들을 몽땅 집어삼킨다. 그러자 희미한 웅성임 사이로 친숙한 이름들이 깨어난다. 그의 마음을 진정시키는 미소나 인사나 악수처럼. 그리고 잃어버

* 독일어로 각각 '잡담' '찰싹' '꽝' '날카롭고 불쾌한 소리' '우지끈' '불쾌한 놈' '구두쇠' '얼룩'이라는 뜻이다.(원주)

린 다정함으로 그의 가슴을 에는 애무처럼.

이 모든 이름들이 느리게 원무를 추며 지나간다. 둘씩 혹은 하나씩 지나간다. 그럴 때마다 한 차례 속삭임이, 한숨이 새어나온다. 흐느낌이. 메이, 페기……

백색 혹은 회청색 목소리의 단어들이 행렬을 짓는다. 황톳빛 혹은 보랏빛 웃음소리와, 상아색과 등황색 숨결이 깃든 단어들이다. 각각의 이름이 고유의 혈색과 외양과 음색을 지닌 채 가볍게 떨린다. 간혹 불규칙한 진동이 전해져오기도 한다. 저마다 자신만의 광채와 독특한 울림을 지닌다. 때로 한 차례 서광처럼 번쩍인다.

행렬이 돌고 돈다. 하지만 그 자신의 이름은 부재한다.

그는 더이상 지팡이로 바닥을 치지 않는다. 헛간을 가로지르며 걷는다. 빈 공간을 성큼성큼 걸어다닌다. 행렬을 이룬 이름들을 쫓아 걸으며 자신의 이름을 구걸한다. 입안이 마르고 입술이 추위로 파래진다. 이미 오래전에 밤이 내렸지만 밤하늘을 총총히 수놓은 황금색 별들이 어둠을 흐려놓는다.

그는 지팡이에 몸을 의지한 채 여전히 자신의 이름을 구하며 휘청거린다. 별빛이 꺼지고 날이 밝아오기 시작한다. 이제 헛간은 잿빛 어둠에 잠겨 있다. 사랑하는 이름들의 행렬이 침묵에 용해되고 그 혼자 남는다. 그는 몹시 지쳐 무릎을 꿇고 털썩 주저앉는다. 그렇게 넘어지는 순간 생각이 끊기며 불현듯 자신의 이름이 다시 떠오른다. 마그누스.

마그누스는 흙먼지 바닥에 무릎을 꿇고 웃는다.

"마그누스!"

숨찬 목소리로 외친다. 그리고 마치 자신을 부르듯 자신의 이름을 되뇐다. 이름을 되찾은 것이 너무 기뻐 집게손가락 끝으로 흙먼지 바닥에 그 이름을 쓴다. 그 순간 해가 떠오르며 하늘에 우윳빛 광채가 퍼진다. 이 새벽빛이 헛간의 널판장들 사이로 새어들어온다. 빛은 한 줄기 비스듬한 광선으로 압축되어 그의 손가락 위로 미끄러진다.

하얗게 쏟아지는 빛줄기. 젖의 분비. 그런데 그의 손가락이 'Magnus'라는 글자 대신 그에게 전혀 낯선 또다른 이름의 철자를 쓴다.

그는 그 이름을 바라보며 천천히 그 곁에 몸을 누인다. 그리고 영문을 알 수 없는 피로에 진이 빠져 곧 잠이 든다.

신도송信徒頌

로타르와 하넬로레, 내 이름을 부르소서.

엘제와 에리카, 내 이름을 부르소서.

페기 벨, 내 이름을 부르소서.

메이와 테런스 글리너스톤즈, 내 이름을 부르소서.

테런스와 스콧, 내 형제들이여, 내 이름을 부르소서.

메이, 생기발랄한 나의 연인이여, 내 이름을 부르소서.

로타르와 하넬로레, 내 이름을 부르소서.

엘제, 내 이름을 부르소서.

페기, 나의 누이 나의 사랑이여, 내 이름을 부르소서.

로타르, 나의 친구 나의 아버지여, 내 이름을 부르소서.

미리암, 젊은 처녀여, 내 이름을 부르소서.

페기, 나의 아름다운 여인 다정한 사람이여, 내 이름을 부르소서.

페기, 나의 슈네비트헨 내 잃어버린 여인이여, 내 이름을 부르소서.

희생자인 당신, 나를 용서하소서.

미지의 세계로부터, 나를 구하소서!
이 침묵으로부터, 나를 구하소서!
이 망각으로부터, 나를 구하소서!
소멸로부터, 나를 구하소서!
내 부재로부터, 나를 구하소서!

이름 없는 자인 나에게, 부디, 이름을 불러주소서!
이 파멸로부터, 부디, 나를 구하소서!
부디, 내게 귀기울이소서!
내 말을 들어주소서……

내 말을 듣고 있습니까?

메이, 내 말이 들리나요?
로타르, 내 말에 귀기울이나요?
페기, 나를 용서하나요?

그리고 내 어머니이신 불타버린 당신 나를 집어삼키는 불이신 당신, 내 말을 듣고 있나요?

당신들은 어디에 있나요? 무어라 말하나요?

내 말을 듣고 있습니까?

단장 28

그가 잠에서 깨어났을 때는 이미 늦은 아침이다. 아직 무더운 8월이어서 대기는 흙냄새와 꽃향기로 가득해 후덥지근하다. 머릿속이 안개와 흰 이슬로 차 있는 듯 이상하게도 무겁다. 현기증이 난다. 두 손으로 바닥을 짚고 일어서는데 그 바람에 새벽녘 희뿌연 빛의 흐름 속 기진맥진한 상태로 흙먼지 바닥에 받아 적었던 이름이 지워진다. 그 순간을 다시 떠올렸을 때는 이미 너무 늦어 글씨를 알아볼 수 없다. 'L'이라는 글자만 분간할 수 있다. 그렇다면 꿈을 꾼 것은 아니다. 그가 쓴 글자는 분명 다른 이름이다. 'Magnus'에는 'L'이라는 철자가 들어 있지 않으니 말이다. 그러나 아무리 땅바닥을 살펴보아도 그 이상은 알아낼 수가 없다.

문을 밀어 열자 찬란한 햇빛에 눈이 부시다.

"안녕하신가, 아드님! 잠은 잘 주무셨나?"

이동식 벌집을 머리에 뒤집어쓴 그 수사가 다시 와 있다. 붕붕대는 소음에 둘러싸인, 엊저녁과 똑같이 쾌활한 모습이다. 그는 마당에 그늘을 드리운 보리수 곁에서 바삐 움직인다. 처마 밑에 비축해둔 장작더미에서 장작 몇 개를 손수 가져다가 그 위에 널빤지 하나를 얹어 만든 즉석 테이블 주위를 오가면서. 그는 이 장소에 아주 익숙한 사람처럼, 심지어 손님을 맞는 주인처럼 행동한다. 아닌 게 아니라 그는 식사를 준비하고 있다.

널빤지 위에는 물 단지 하나와 포도주 한 병, 유리잔 세 개, 과일과 소시지와 치즈, 꿀 한 통, 빵이 놓여 있고, 금빛 클로버와 짚신나물로 엮은 꽃다발도 하나 곁들여져 있다.

"배가 고프겠군. 괜찮다면 바로 식사부터 하지. 벌써 정오니 말일세. 조촐한 식사이긴 해도 잔칫상이라네. 오늘이 15일이니까 성모승천일이야. 이날을 기리기 위해 포도주 한 병을 가져왔지. 최상품 루아르산 백포도주야. 한데 오늘은 내 생일이기도 하다네. 난 8월 15일 밤에 태어났으니까. 태어난 해가 정확히 언젠지는 오래전에 잊어버렸지만, 지난 세기 끝 무렵이야. 우리 형제들은 모두 8월 15일에 태어났는데, 그건 집안 내력, 아니, 그보다 축복이라 할 만했지. 난 형제가 많았어. 남자만 아홉이었지. 모두 성모님의 가호를 받으며 세상에 태어났어. 그러니까 오늘은 내 생일일 뿐 아니라 우리 형제 모두의 생일인 거야. 지금은 모두 죽고 없지만…… 성모님을 뵈러 모두 떠나버렸어. 곧 내 차례가 닥칠 테지. 아, 근사한 날이야!"

성모마리아를 숭배하는 이 성가신 남자의 입심에 당황스러워진 마그누스는 남자가 언급한 그 근사한 날이라는 게 오늘을 말하는 건지 아니면 앞으로 그가 맞이할 죽음의 날을 말하는 건지 알 수가 없다. 하지만 아무러면 어떤가. 그는 이 수다스러운 수사의 존재가 거북할 뿐이다. 하지만 남자를 몰아낼 엄두는 내지 못한 채 그저 피곤해 집에 들어가 좀 쉬어야겠다는 핑계로 공손히 물러난다. 이 귀찮은 인간이 거기까지 쫓아오지는 않을 거라 기대하면서. 하지만 남자는 당황하는 기색도 없이 짜증이 날 만큼 태연자약하게 다시 장황한 말을 늘어놓는다.

"유감이군. 하지만 난 더 기다릴 시간이 없네. 내가 잠깐 기분이 동해서 여기 온 줄 아나? 난 오랫동안 자넬 관찰해왔어. 삼 년 전에 자네가 이 외딴집에 살러 온 그날부터 말일세. 자네가 어디를 가든 하루도 내 눈에 띄지 않은 적이 없지…… 하지만 자넨 내 존재를 전혀 알아채지 못하더군. 난 주로 자네 집 근처에서 기거하는데 말이야. 자네가 몇 시간이고 갇혀 지내는 그 헛간 옆 축사에서 잔 적이 수도 없이 많다네! 구유 안엔 아직 짚이 남아 있어서 그 안에 누우면 기분이 아주 좋지. 따스하고 냄새도 좋거든. 짐승들이 남기고 간 체온과 부드러움과 지혜가 살짝 배어 있다네…… 한데 자넨 헛간을 더 좋아하더군. 그럴 수도 있겠지. 하지만 더는 안 되네. 그 헛간은 이미 자네가 채운 공허로 넘쳐나니 말이야, 안 그런가?"

마그누스는 이 호기심 많은 노인이 자신을 염탐해왔다는 사실을 알고 화가 나서 말한다.

"그게 수사님과 무슨 상관이죠? 절 평화롭게 내버려둬요!"

장 수사는 물러서지 않고 재공략에 나선다.

"평화라고? 그렇게 칩거해 살면서 평화를 찾을 수 있겠나. 자넨 칩거하는 사람이지 은자隱者가 아니야. 고독을 즐기는 자가 아니라 외톨이라고. 내 말을 귀담아듣게. 난 삼십 년째 내가 속한 수도원 근처에서 은둔 생활을 하고 있어. 하지만 자네처럼 어두운 마음이었다면 절대 견디지 못했을 거야. 그렇게 감금된 마음이었다면 말일세."

"감금되었다고요?"

마그누스가 이 단어를 이해하지 못하고 되묻는다.

"갇히고, 포로가 되고, 격리되고, 굳어버린…… 그런 마음이지."

장 수사는 이렇게 설명하며 곧 다시 말을 잇는다.

"난 꿀벌을 친다네. 요 근방에 벌집이 있어. 거기서 얻은 벌꿀을 수도원에 가져다주고 대신 먹고 입을 것을 받지. 아주 조금이면 돼. 점점 더 양이 줄어든다네. 곧 하나도 필요하지 않을 날이 올 거야. 그날이 눈앞에 닥쳤어. 내가 자네한테 온 것도 그 때문이지."

이렇게 말한 다음 그가 느닷없이 묻는다.

"한데 이름은, 자네 이름은 다시 찾았나?"

"마그누스입니다."

"그래? 확실한가?"

장 수사는 미심쩍은 기색으로 되묻는다. 마치 답변을 알고 있었다는 듯이. 그에게는 이 답변이 부정확하게 여겨진다는 듯이. 그의 이런 반응에 마그누스는 또 한번 당황스러워진다. 그 이름이 곰인형에게서 따온 가명이라는 걸 스스로 잘 알고 있으므로. 심지어 그날 아침에는 자신의 이름일지도 모르는 어떤 이름을 놓쳐버리기까지 했다.

"왜 제 이름을 의심하시죠?"

이제 그가 묻는다. 그러자 장 수사는 직접적인 대답을 피하며 돌려 말한다.

"그러니까 이름이란 게…… 살다보면 바꾸게 되는 일도 있지. 마치 태어날 때 받은 이름은 적당하지 않다는 듯이 말이야. 난 수도원에 들어와 내 이름을 버려야 했지. 선택의 여지가 없었어. 블레즈라는 원래 이름 대신 다른 이름을 받았지. 장이라는 이름이었어. 그렇게 장으로 결정된 거야. 메뚜기와 벌꿀을 먹고 살았던 세례 요한이나 복음사가 요한처럼 말일세.* 특히 후자는 신비의 천사에게 계시를 받은 자였지! '말씀'의 천사에게…… 이 말씀의 천사가 요한에게 그 작은 불의 두루마리를 먹게 했지.** 내 생각에 그 두루마리는 꿀이 뚝뚝 듣는 벌집의 봉방들 가운데 하나가 아니었을까 싶네. 나는 장이라는 하찮은 인간에 불과한데, 말씀의 천사가 그런 나의 입술을 갈라 그 입에 자신의 비밀을 못 박았지 뭔가. 한데 언제부턴가 그것이 꿈틀대는 것을 느낀다네. 그 비밀이…… 내 입속에서, 갈라진 입술 위에서, 그게 꿈틀대는 거야…… 바람의 맛이라고나 할까……"

"대체 무슨 말을 하시려는 거죠? 무슨 비밀을 말하는 겁니까?"

"난들 알겠나! 하느님이 주신 선물이 뭔지 누가 알겠나?"

"단연코 저는 아닙니다! 저와는 상관없는 일이에요. 전 신자가 아니니까요."

마그누스가 이렇게 내뱉었지만 장 수사는 전혀 개의치 않는다는 듯 받아친다.

"그렇다면 자넨 더 자유로운 인간이군. 내가 혼자 힘으로 아직 느껴보지 못한 그걸 자넨 갑작스레 경험할 수 있을지도 몰라. 내게 자네가 필요한 것도 그 때문이지."

---

* 장(Jean)은 '요한'의 프랑스어식 이름이다.

** 「요한묵시록」 10장 9절.

하느님의 선물이라! 근사한 환상이 아니고 무어란 말인가. 마그누스는 마치 예언자처럼 무언가에 홀린 듯 이야기하는 장 수사의 말을 하나도 이해할 수 없다. 그러나 방금 전의 역정은 사라졌고, 제정신이 아닌 것 같은 이 고집스럽지만 순박한 사람과 언쟁을 벌이겠다는 생각도 더는 들지 않는다. 그들은 보리수 그늘 아래 놓인 탁자에 나란히 앉는다. 작은 벌떼가 두 사람 주위를 빙빙 돈다. 둘은 백포도주 병을 비운다. 말씀의 천사, 혹은 그곳에 나타날지 모를 모든 방문객을 위해 장 수사가 가득 채운 세번째 잔을 함께 나누면서. 장 수사는 여느 때보다 더 말이 많고 우스꽝스러워 보인다. 요새화된 도시를 포위공략하기 위해 보방은 지하에 여러 개의 참호를 만들어 지그재그로 연결한다는 기발한 방안을 생각해냈는데, 장 수사는 보방의 이러한 착안과 하느님을 향해 나아가는 영혼의 복잡한 미로 사이에서 공들여 일치점을 찾아낸다. 그런 다음 과실이 태양열을 받아 무르익는 과정과 시간의 흐름에 힘입어 도달하게 될 자신의 성숙한 죽음—이제 바야흐로 완수되리라고 그가 느끼는—사이에서도 또 하나의 새로운 일치점을 찾아내려 애쓴다.

마그누스는 그의 말을 건성으로 듣다가 다시 지루해지는 것을 느낀다. 상대는 이제 노래를 부르기 시작한다. 아주 감미로운 목소리다. 그는 라틴어로 성모마리아에게 바치는 신도송을 읊는다. 그런 다음 자리에서 일어서더니 조용히 말한다.

"난 다시 오지 않겠네. 다음번에는 자네가 내게 오게. 자넬 믿어도 되겠지?"

하지만 마그누스는 상대가 어디에 사는지—어디든 거처를 정하고 있다면—모른다는 점을 그에게 상기시킨다.

"아무 걱정 말게나. 내 꿀벌들을 자네한테 보낼 테니 녀석들을 따라오기만 하면 되네."

이렇게 말한 뒤 그는 윙윙대는 벌떼에 둘러싸인 채 경쾌한 발걸음으로 가버린다.

끊임없이 도피 행각을 벌이는 늙은 소년의 모습인 장 수사가 멀어져가는 것을 마그누스는 물끄러미 바라본다. 벌들과 함께 노닐며 숲속을 달리는 장난꾸러기, 혹은 옛 미사 경본의 페이지들처럼 알록달록한 단어들을 갖고 노는 꼬마 요정 같다. 마그누스는 자신도 모르게 동화 속에 발을 들인 느낌이다. 지리멸렬한 소설 같은 그의 삶 속에 어쩌다 삽입된 케케묵은 동화랄까. 근사한 일이긴 하다. 그렇긴 해도 다른 이야기 속으로 초대되었으면 더 좋았을걸 하는 아쉬움이 든다. 동화에 빠질 나이는 지났기 때문이다. 말씀의 천사가 간직한 비밀이라니! 보다 소박한 유년기의 비밀이 걷히는 것으로 그는 만족했을 텐데. 혹은 망각이 죽은 자들을 삼키는 그 광막한 무의 장소가 지닌 비밀이 걷히는 것으로. 하느님의 선물이라! 그런데 생명이야말로 마그누스가 원하는 선물이다. 생명을 도둑맞은 이들이 이 선물을 되돌려받기를 바랄 뿐이다.

삽입

옛날 옛적에… 실제로는 한 번도 일어난 적이 없는 이야기는 모두 이렇게 시작된다. 신화, 우화, 전설이 그렇다.

이야기된 내용은 머나먼 과거 속에 용해되어버렸다. 식물이 늪지 속에, 육신이 부식토 속에 용해되었듯이. 거기서 땅에 닿을 듯 말 듯 어둠 속을 달리는 도깨비불들이 빠져나온다. 우리네 생각의 미광微光 속에서 그렇게 신화와 우화는 이야기된다.

옛날. 어떤 완결된 사건의 무대 같은, 날짜를 매길 수 없는 한 과거를 가리키는 불확실한 지시어.

옛날 옛적에. 이 말은 무엇을 의미하는가? 과거의 결정적인 어떤 시간을 의미하는가? 아니면 영원히 불확실한 미확정의 어떤 시간인가? 그 시간은 모호하기만 하다.

옛날 옛적에… 뒷마당이나 비밀 복도로 이어지는 숨겨진 작은 문처럼 하나의 이야기로 안내하는 관례적인 문구. 역사에 의해 인정받지는 못하는 이야기들. 역사는 오직 환한 대낮의 현실과 관계를 맺으며 확인되고 증명된 사건들만 그 자료체 속에 받아들이니 말이다. 그렇다면 이것들은 결코 존재했다고 볼 수 없는 사건일까? 우리는 밤의 현실 속에서 일어나는 일들에 대해 무엇을 아는가? 상상의 세계는 밤에 속한 현실의 연인이다.

역사의 자료체는 하나의 몸—그 살이 언어와 살아 있는 말들, 글로 쓰인 단어들로 이루어진—이어서, 모든 몸이 그렇듯 어둡고 불투명하며 그림자를 드리운다. 옛날 옛적에…는 바로 이 그림자이며, 보다 유동적이며 불안정한 단어와 말들로 이루어진 그 이면이다.

옛날 옛적에…: 역사의 자료체보다 더 깊고 생생한 기억의 자료체. 그것은 이를테면 현실의 묘판이어서, 아침이면 씨앗이 파종되던 순간을 잊은 채 눈에 보이고 손으로 만져지는 흔적들만 보존한다.

때로 현실의 밤 속을 끝없이 나다니며 방황하는 인물들이 있다. 그들은 한 이야기에서 다른 이야기로 이동하며 쉴새없이 하나의 말을 구한다. 설령 죽음의 대가를 치르는 한이 있더라도 마침내 충만한 삶을 살 수 있게 해줄 말을.

정처 없이 떠도는 이야기들, 부단히 새로운 이야기를 갈망하는 이야기들, 이 이야기들의 교차로에서 인물들이 서로 마주치는 순간이 올지도 모른다.

단장 0

여름도 막바지다. 장 수사는 이제 모습을 보이지 않았다. 자신의 벌통들 사이에서 장난스럽고 유쾌한 시간을 보내고 있는 게 틀림없다. 마그누스는 개의치 않는다. 그러나 장 수사와 함께 식사를 한 날 이후로 더는 헛간에 갇혀 있을 필요를 느끼지 못한다. 무엇보다 이곳을, 이 고독을 떠나야겠다고 생각한다. 이미 그 면면을 속속들이 파악했으니 말이다. 장 수사의 말대로 그는 자신을 온전히 격리한 채 공허로 가득 채운 참이다. 이제 그의 내면에 자리한 무거운 침묵이 환히 모습을 드러내며 술렁이기 시작한다. 장 수사라면 아마도 '무르익은' 침묵이라 일컬을 이 침묵이 그에게 다시 길을 떠나도록 재촉한다.

그는 떠날 채비를 한다. 차분하고도 무덤덤한 마음으로. 더는 고통과 수치심에 쫓기듯 떠나는 것이 아니다.

어느 날 아침 그것들이 윙윙대며 떼를 지어 나타난다. 그리고 사람 키 높이에서 일렁이며 날쌔게 대기를 날아다닌다. 마그누스는 공 모양의 그 금갈색 무리가 자신을 향해 날아오는 모습을 보고 습격을 받는 줄 알고 기겁한다. 그러나 벌떼는 그의 얼굴 일 미터 앞에서 멈춰 선다. 격렬한 몸짓으로 시끄럽게 붕붕대면서. 순간 마그누스는 때가 되면 자신의 심부름꾼들을 보내겠다고 한 장 수사의 말을 떠올린다. 그러나 그 은자의 기이한 약속을 곧이곧대로 받아들여야 할지 망설인다.

작은 벌떼는 점점 더 큰 소리로 윙윙대며 제자리에서 일렁이더니 다음 순간 뒤로 조금 물러난다. 마그누스가 한 발짝 앞으로 내딛자 벌들은 그만큼 더 뒤로 물러난다. 그가 한 발을 더 내딛자 같은 현상이 되풀이된다. 마침내 그는 벌들이 이끄는 대로 단호하게 걷기 시작한다.

그는 한 번도 가보지 않은 오솔길을, 들과 작은 숲을 가로지르는 지름길을 지난다. 안내자인 벌들의 이동 속도가 너무 빨라 가까스로 따라잡는다. 제방을 높이 쌓은 강의 한 지점에 이르러 나무다리를 건너는데, 한 걸음 떼어놓을 때마다 발밑이 흔들린다. 숲속으로 들어가자 빈터가 나온다. 언젠가 한번 와본 적이 있지만 그후 길을 찾지 못해 다시 올 수 없었던 그 장소임을 그는 깨닫는다.

벌들은 흩어져 자기들 집으로 돌아간다. 장 수사가 빈터 한복판 이끼 덮인 둥지 모양의 돌무더기에 몸을 기댄 채 앉아 있다. 목덜미 쪽으로 벌어진 두건이 달린 헐렁한 검은 망토 차림이다.

"안녕하신가, 아드님! 이리로 와서 앉게."

만날 때마다 그랬듯이, 그가 인사를 한다.

마그누스는 그의 곁으로 가 앉는다. 아무 말도, 아무 질문도 하지 않는다. 자신을 초대한 주인이 먼저 대화의 물꼬를 트기를 기다린다. 그런데 평소 몹시 활달했던 그가 웬일인지 침묵만 지킨다. 그렇게 오랜 시간이 흐른다. 벌통 속의 벌들이 붕붕대는 희미한 소음을 배경으로 주변 숲이 다양한 소리를 내며 술렁인다. 잎들이 떨리는 소리, 풀들이 바스락대는 소리, 가느다란 벌레 울음소리, 시냇물이 졸졸대는 소리, 마른 잔가지들이 부러지는 메마른 소리, 새들이 서로를 부르는 맑고 높은 소리와 작고 날카로운 울음소리. 바람이 속삭이거나 윙윙 몰아치는 소리. 그리고 간간이 들리는 개 짖는 소리나 멀리서 들려오는 사람 목소리.

장 수사는 잎이 무성한 너도밤나무를 향해 얼굴을 들고, 가지에서 땅으로 막 떨어지려는 찰나의 이파리 한 개를 손가락으로 가리키면서 마그누스에게 속삭인다.

"들어보게!……"

이미 갈변한 타원형 이파리들이 천천히 바람에 날린다. 그중 상승기류에 실린 이파리 세 개가 허공에서 흔들리는 것이, 마치 무성한 가지들 사이를 지나는 빛의 통로에서 춤추는 구릿빛 쉼표 같다. 이 떠돌이 쉼표들이, 명료하고 간결한 텍스트에 제멋대로 구두점을 찍는다. 그런데 이 쉼표들이 돌연 굴러떨어지는가 싶더니 기류가 그곳을 떠나 다른 곳에서 흐른다.

"들었나?"

장 수사가 묻는다.

마그누스는 식물들의 이 경쾌한 파랑돌 춤을 자세히 관찰한 터라 시각적으로는 설명할 수 있지만 청각적인 묘사는 하지 못한다. 작은 남자는 다시 침묵 속에 자리잡는다. 마그누스는 이해한다. 자신이 벌집에서 들리는 희미한 소리와 다양한 숲의 소리를 배경으로 떨어지는 나뭇잎 하나의 미세한 숨결을 구별해내지 못한다면 상대는 아무 말도 하지 않을 것임을. 시간이 흐르자 대기가 차차 서늘해진다. 다갈색 이파리들이 떨어지는 광경이 수없이 되풀이된다. 그만큼의, 말없는 불안정한 쉼표들이 떨어진다.

마그누스는 흠칫 놀라 고개를 왼쪽으로 돌린다. 곤충의 날개처럼 섬세하고 투명한 노란 잎이 그에게서 약간 떨어진 바닥에 내려앉는 것을 그의 눈길이 순간적으로 포착한다. 눈보다 청각이 먼저 알아낸 참이다.

"말씀하십시오."

그가 장 수사에게 말한다. 그러나 상대는 침묵을 깨는 대신 수사복 두건을 당겨 쓴 뒤 몸을 웅크린다, 무릎에 양손을 펴 올리고 고개를 숙인 채. 그렇게 자신의 검은 고치에 감싸여 반수 상태에 빠져든다. 그의 머리가 꾸벅이는가 싶더니 마그누스의 어깨에 와 부딪는다. 숨소리가 점점 더 깊어지고 느려진다.

그게 전부다. 어떤 번쩍이는 광채도 없다. 옅은 잠에 빠진 몸은 미동도 하지 않고, 거친 숨소리나 잠꼬대가 새어나오지도 않는다. 자아가 아니라 몰아沒我에—파내고 도려내진 자아에—극도로 주의를 기울인 육신의 깊은 곳에서 느리고 풍성하게 솟구치는 숨결뿐이다. 이 숨결이 점점 가늘고 가벼워져 오보에 음향처럼 부드럽게 가슴을 파고든다. 빛의 한숨이 어둠 속에서 새어나오며 소리의 미소가 들릴 듯 말 듯 대기에 울려퍼진다. 침묵이 번진다.

그게 전부다. 그러나 두 남자는 이 한숨 소리를 듣는 데 몰입해 온전히 하나가 되며, 마그누스는 이 사실이 놀랍기만 하다. 가느다란 노랫소리가 그 자신의 몸과 상대의 몸에서 동시에 솟구쳐 살갗 속의 살을 애무하며 핏속으로 흘러든다. 몸안에서 느껴지는 이 애무가 그를 감동시키고 황홀하게 한다. 사랑의 행위로 나누는 어떤 애무보다 그를 더 깊은 심연에 빠뜨린다. 이 덧없는 포옹은 그가 아는 어떤 포옹보다 더 먼 곳에서 오는 것으로, 철저히 새로운 경험이다. 치명적인 부드러움을 지닌, 정신과 육체의 강탈이다. 내면에서부터 그를 포옹해오는 것은 생명 자체다. 그는 이 생명을 자신의 모든 감각을 동원해 단번에 얼싸안는다.

장 수사는 반수 상태에서 깨어나 머리를 들고 푸르르 몸을 떤다. 마그누스도 똑같이 따라한다. 두 사람은 자리에서 일어선다. 장 수사는 두건을 젖혀 등뒤로 넘긴다. 방금 전에 그의 정신이 경험한 강렬한 집중의 흔적이 얼굴에 새겨져 있다. 점점 더해가는 광막함을 더는 견딜 수 없게 된 꿈. 그 꿈에서 깨어난 늙디늙은 젖먹이의 얼굴이다. 그 순수한 에너지에 자극받아 이마가 찌푸려지고, 이미 사라져가는 환상으로 눈이 흐려져 있다.

“이제 집으로 돌아가게.” 그가 말한다. “필요할 때 다시 오게. 내일일지 며칠 뒤가 될지는 모르지만, 조만간 다시 오게 될 걸세. 언제 와야 하는지는 자네가 알 거야. 자네가 해야 할 일이기도 하지. 이제 자넨 길을 알고 있으니까.”

그는 숲 언저리까지 마그누스와 함께 걷는다.

그가 다시 입을 연다.

“모든 게 끝나면 수도원의 내 형제들에게 가서 알리게. 내 수사복을 그들에게 돌려주게. 이제 그들 것이니까. 그곳에서 내가 받은 옷이야. 내 것이 아니지."

그는 잠시 주변 풍경을 응시한다.

"난 내 삶을 몹시 사랑했네. 평생 떠나지 않았던 이 고장도……"

그는 이렇게 덧붙이고는 돌아서서 친구를 살며시 품에 안은 뒤 개구쟁이 같은 걸음으로 빈터 쪽으로 멀어져간다.

가필加筆

"시간이 흐름에 따라 인간이 획득하게 되는 정신이 있다. 그런가 하면 인간 속으로 잽싸게, 눈 깜짝할 사이에 파고들어 내면을 가득 채우는 정신도 있다. 이 정신은 시간을 초월하는 것이어서 시간이 필요하지 않기 때문이다."

—브라츨라브의 랍비 나흐만

"……그는 자신의 지성에 끝이 없음을 알게 될 것이다. 그리하여 입이 말할 수 없고 귀가 들을 수 없는…… 깊디깊은 곳을 파고들게 될 것이다. 거기서 그는 눈을 감고 잠들어 있는 사람처럼, 하느님의 모습을 보게 될 것이다. '내가 잠들어 있는 동안에도 마음은 깨어 있다. 내 사랑하는 이의 목소리가 문을 두드린다'*라고 쓰여 있듯이. 그런데 그가 눈을 뜨고 다른 누군가가 그에게 말을 걸기까지 한다면, 그는 삶보다 오히려 죽음을 택하는 셈이다. 그 순간 그는 자신을 죽은 자로 여길 것이므로. 자신이 본 것을 잊었을 것이므로. 그리하여 그는 자신의 영혼을 살필 것이다. 놀라운 기적들이 기록된 책을 살피듯이."

—랍비 셈 토브 이븐 가온

"하느님은 같은 일을 두 번 하지 않으신다. 그러므로 그분은 한 영혼이 돌아오면 다른 영혼을 동반자로 삼을 것이다."

—브라츨라브의 랍비 나흐만

* 「아가서」 5장 2절.

단장 29

그 일이 있고 이틀 뒤 마그누스는 다시 그곳을 찾는다. 어떤 특별한 표징이 나타난 건 아니지만 때가 되었음을 분명히 느낀다. 숲속 빈터에 이르렀을 때 그는 돌무더기가 길고 검은 그림자를 드리운 것을 발견한다. 물체의 크기나 햇빛과 상관없는 기이한 그림자다. 그런데 다가가서 보니 그림자가 아니라 꽤 깊고 좁다란 구덩이다. 정성껏 개어놓은 수사복과 함께 삽 한 자루가 그 옆에 놓여 있다.

그 구덩이에서 붕붕대는 요란한 소리가 올라온다. 벌 수천 마리가 그 안에서 들끓고 있다. 그런데 벌들이 갑자기 용암이 분출하듯 한꺼번에 세차게 날아오른다. 벌 기둥이 나무들 꼭대기까지 치솟아 거기서 요동을 치고 비비 꼬이다 폭발하는가 싶더니 황홀한 황금색 비가 되어 흩어진다. 그런 다음 벌들은 각자 일상으로 돌아간다.

구덩이 밑바닥에 장 수사가 누워 있다. 가슴에 포개 얹은 양손에는 묵주가 감겨 있다. 시신은 봉랍으로 칠갑이 되어 불그레한 빛을 발한다. 방부 처리 작업을 하다 탈진한 꿀벌 몇 마리가 시신 위에 희미한 금빛 광채를 수놓으며 흩어져 있다.

마그누스는 삽을 들고 구덩이를 메운다. 방부 처리된 시신에서 나는 달콤한 냄새가 부식토의 암울하고 씁쓸한 냄새와 뒤섞인다.

그는 장 수사의 수사복을 수도원에 가져다준다. 기우지 않은 데가 없이 낡고 바랜 그 옷은 걸렛감으로나 쓸 법하다.

그는 노老수사를 추도하는 미사에 참석한다. 수도원장이 블레즈 모페르튀가 살아온 삶의 역정을 간략히 되짚는다. 한 세기가 시작될 무렵 아주 젊은 나이에 보조수사 자격으로 수도원에 들어와 몇 년 뒤 수도사가 되고 마침내 은자가 된 사람이다. 그가 너무도 사랑했던 꿀벌들을 닮은 은자였다. 결국 숲속 깊숙한 곳에서 꿀벌들과 함께 안식을 취하기로 택할 만큼. 그는 늘 수도원 주위를 맴돌면서 그곳에 꿀단지는 물론 나무와 새들의 소식을 가져오곤 했다. 또한 동료 수사들보다 더 가까워진 야생동물들의 소식도 가져왔다. 숲속의 수도사 장은 신중한 성격이었음에도 괴상한 행동을 일삼았으며, 천진난만한 기질과 반골의 면모를 동시에 드러냈다. 그러나 아무리 엉뚱해 보이는 소명일지라도 각자가 받은 소명의 신비 앞에서 몸을 숙일 줄 아는 수도원장은 꿀벌들의 친구였던 장 수사와 관련된 몇 가지 일화를 익살스럽게 늘어놓기에 이른다. 나이가 들면서 때로 괴벽을 드러내어 남자들을 만나면, 수도원장에게조차, 유쾌한 목소리로 어김없이 "안녕하신가, 아드님!" 하고 말하고, 여자들을 만나면 "안녕하신가, 따님!" 하고 인사하던 수사였다. 수도원장은 어느 날 장 수사가 몹시 흥분한 모습으로 수도원으로 달려왔던 일을 기억한다. 그가 벌통을 설치해둔 빈터에 있던 성모상을 누가 훔쳐갔음을 알리기 위해서였다. 처음에 그는 성모상을 도둑맞은 것을 알고 몹시 상심했다고 한다. 그러다 곰곰 생각한 끝에 뜻밖의 결론에 이르렀다. 도둑을 맞아 텅 빈 자리도 꽤 괜찮다는 생각을 하게 된 것이다. 그리하여 그는 성모상의 부재로 '공허의 성모님'을 기리기로 마음먹었다. 그는 이 같은 발상에 기뻐하며 수도원장을 찾아와, 와서 이 부재의 성모상을 축성해달라고 부탁했다. 고작 몇 달 전에 있었던 그 일에 귀기울이던 청중은 모두 웃음을 터뜨렸으며, 마그누스도 그들과 함께 웃는다. 이 웃음소리가 한참 동안 교회 안에 울려퍼진다.

그는 집의 문을 닫는다. 헛간 문은 반쯤 열린 채로 둔다. 헛간 걸쇠는 이미 오래전에 부서졌지만 수리해야겠다는 생각은 한 번도 하지 않았다. 열린 문틈으로 바람이 새어들어와 그가 헛간 흙

먼지 바닥에 써둔 이름을 말끔히 지워버렸지만 그런 건 아무래도 좋았다. 그 이름은 마음의 살갗에 쓰여 있었으므로. 그의 어깨 위에 둥지를 트는, 새처럼 가벼운 이름. 그의 등허리를 밀며 떠나라고 하는, 뜨겁게 타오르는 이름이다.

그의 짐가방은 무겁지 않을 것이다. 거의 아무것도 가져가지 않을 것이므로.

그는 보리수 발치에 로타르의 데스마스크를 묻었다. 8월 15일 정오, 장 수사가 그 아래 식탁을 차렸던 나무다. 어쩌면 그날 로타르도, 메이도, 페기도 그들의 식탁에 초대되어 '말씀의 천사'를 기리며 가득 채운 술잔을 함께 나누었는지 모를 일이다. 아무리 나누어 마셔도 술이 떨어지지 않는 그런 잔을.

그의 방 장롱 선반 위에 너무 오랜 세월 남아 있었던 곰인형은 이제 누더기에 불과하다. 양모로 된 콧방울은 좀이 슬고, 생쥐가 발과 귀를 갉아먹고 뱃속의 솜을 슬쩍해간 상태다. 마그누스는 이 낡고 바랜 곰인형을 트랭클랭의 물에, 수도원 발치에 흐르는 그 작은 급류 속에 던진다.

곰인형 마그누스는 물줄기를 타고 떠내려간다. 미나리아재비 눈이 찬물과 햇빛에 반짝인다.

책이라고는 단 한 권, 그의 마음속에 한 자락 오보에 소리를 내며 펼쳐진 그 책만 가져간다. 그의 영혼과 가슴과 입 속에서 쉴새없이 바스락대는 책이다. 책장들이 그의 양손 안에서 떨리며 발밑에 한 장씩 떨어진다.

떠나라. 상상을 넘어서는 책, 기적의 책이 나지막이 속삭인다. 떠나라……

떠나라.

단장 ?

여기서 한 남자의 이야기가 시작된다……

그 어떤 이야기와도 닮지 않은 이야기다. 응축될 대로 응축된, 그래서 단어들이 닿기만 해도 모두 부서져버리는, 그런 현실 속 삶의 응결체다. 아무리 저항력이 강한 밀도 높은 단어들을 찾아낸들, 괴리된 시간으로부터 온 이 이야기는 정신 나간 허구로 비칠 것이다.

"떠나라! 떠나라! 살아 있는 자가 말한다!
……
떠나라! 떠나라! 탕자가 말한다."

생존 페르스, 『바람』

옮긴이의 말

자신의 이름을 찾아 떠난 한 남자의 이야기

『마그누스』는 2005년 프랑스의 유명 문학상인 공쿠르상 후보 명단에 오른 열두 편의 소설 중에서 고교생(15~18세)들로 이루어진 심사위원단이 최고의 소설로 뽑은, '고등학생 공쿠르상'을 수상한 작품이다. 현재 프랑스 최고 작가 반열에 올라 있는 실비 제르맹은 침묵과 다양한 숨결이 교차하는 독특하고도 아름다운 문체로, 역사에 뿌리를 둔 구체적이면서도 상상력이 가득하고 신성한 힘이 느껴지는 작품세계를 창조해왔다. 파리 소르본 대학에서 철학을 전공한 작가는 기독교 신비주의 철학을 바탕으로 '악의 수수께끼'라는 주제에 관한 문학적인 탐구를 계속해왔으며, 지금까지 발표된 여러 소설과 수필들에는 하나같이 형이상학적인 차원의 강렬한 힘과 우아함이 배어 있다. 1984년에 발표한 처녀작 『밤들의 책*Le Livre des nuits*』으로 무려 여섯 개 부문의 문학상을 수상한 그녀는 1989년 『분노의 날들*Jours de colère*』로 페미나상을 수상했고, 그후에도 다양한 문학상을 수상한 경력이 있다. 비교적 최근작에 속하는 『마그누스』는 역사의 비극적인 상황으로 인해 어린 시절의 기억을 상실하고 조작된 과거를 떠안은 채 정체성의 혼란을 겪는 주인공이 본래의 자아를 탐색하며 화해와 구원을 모색하는 여정을 그린 소설이다.

제2차세계대전이 터지기 직전 독일에서 태어난 주인공 프란츠게오르크는 다섯 살 이전의 기억이 없다. 그 시절의 유일한 증인은 그가 몸에 지니고 있던, 늙은 냄새와 눈물 냄새가 섞여 나는 옅은 밤색의 곰인형 마그누스다.

의사인 아버지와 아름다운 어머니를 둔 아이는 부르주아 가정에서 안락한 나날을 보낸다. 음악 애호가이기도 한 아버지 클레멘스 둥켈탈은 아이에게 경외의 대상이며, 아이는 부모를 온 마음으로 사랑한다. 그러나 전쟁이 종말로 치달으면서 차츰 가족의 진실이 드러난다. 아버지는 나치의 앞잡이로 유대인 학살 최전선에 있었던 의사이며, 히틀러를 신봉한 어머니 역시 이 범죄의 간접적인 가담자였던 것. 두 사람은 끝내 비참한 최후를 맞는다. 어머니는 남편의 자살 소식을 전해 들은 뒤 아들을 영국에 있는 오빠 집으로 보내고 혼자 독일에 남아 사망한다.

프란츠게오르크는 자신의 부모와는 달리 나치에 저항하다가 영국으로 망명까지 가야 했던 외삼촌 곁에서 아담 슈말커라는 이름으로 새로운 출발을 한다. 대학생이 된 그는 아버지가 마지막으로 머물렀던 멕시코의 언어를 배우며 그 땅으로 가 그곳에서 죽은 아버지의 흔적을 추적한다. 그 와중에 자기가 벗어나려 했던 기억 속의 부모가 실은 친부모가 아니며 자신의 과거 역시 철저히 조작되었다는 사실을 알게 된다.

그후 주인공은 멕시코에서 만난 메이라는 여인의 애인이 되어 알리아스 마그누스라는 이름으로 성년의 문으로 들어간다. 그렇게 십 년의 세월을 메이 부부와 함께 미국에서 살면서 과거로부터 해방되어 예술과 자유를 마음껏 누리는데, 갑자기 닥친 메이의 이른 죽음으로 인해 그는 영국으로 돌아온다. 거기서 첫사랑 페기 벨과 재회하고, 빈으로 떠난 그녀와 합류해 함께 살게 된다. 그러나 죽은 줄로만 알았던 의사 둥켈탈을 그곳에서 우연히 만나고, 둥켈탈 부자에 의해 페기는 죽임을 당한다. 독일에서 영국으로, 멕시코로, 미국으로, 빈으로 옮겨가며 끊임없이 새로운 정체성을 찾아가던 주인공은 마침내 프랑스의 모르방으로 떠나 그곳에서 고독한 칩거 생활에 들어간다. 그러나 붕붕대는 꿀벌들에 둘러싸인 가난한 수도사 장을 알게 되면서 과거와 결정적으로 화해하게 되는데, 이 결말 부분에 이르면 문체가 비유적이고 우화적인 성격을 띠면서 주인공이 새롭게 태어나는 과정이 시적으로 묘사된다. 그가 마침내 찾은 이름은 자신의 "마음의 살갗에 쓰인" "새처럼 가벼운 이름"이다. 그가 곰인형 마그누스를 급류에 던지고 떠나는 장면에서 우리는 그가 이제 절망적인 망각이나 추구가 아닌 화해의 새로운 삶으로 걸음을 내딛기 시작했음을 예감하게 된다.

이 책을 처음 펼치는 순간 독자는 독특하고 묘한 장 구분에 당황할 수도 있다. 줄거리가 기존 소설들처럼 장chapter으로 나뉘는 것이 아니라 마치 단절된 기억의 파편들처럼 단장fragment으로 연결되며, 일정한 스토리 라인을 유지하면서도 단속적으로 삽입되는 다양한 토막글들로 모자이크 처리된 구조이기 때문이다. 프롤로그에 잇따르는 '단장斷章 2'에서 시작되어 '단장 11'까지 이어지던 줄거리에 느닷없이 '단장 1'(아이가 기억하는 과거의 끝인 함부르크 폭격 장면)이 끼어들었다가 다시 '단장 12'로 넘어가며 '단장 28'까지 이야기가 지속된다. 그리고 '단장 0'에서 종결되는 이야기에 최종적으로 '단장 ?'이 말미를 장식하는 형식이다. 거기에 중간중간 '약주'나 '속창' '반향' '메아리' '삽입' '가필'이라는 제목의 짧은 글들이 끼어들어 작가의 직접적인 묘사 대신 독자의 상상력을 통한 이미지 형성을 유도한다.

주인공의 성장 과정은 유년기에서 청년기, 장년기로, 어찌 보면 숨 돌릴 틈 없이 빠르게 전개되는데, 그 사이의 공백을 시인이나 신학자, 랍비의 글이나 인물의 연대기, 역사적인 정보들이 채

우고 있다. 즉 줄거리가 일정한 톤을 유지하는 묘사로 이루어지지 않고 다양한 문체가 침묵 속에 삽입되어 독자들에게 더욱 풍성한 상상의 가능성을 열어놓는다고 할 수 있다. 이처럼 서술적인 묘사를 대신하는 갖가지 형식의 토막글들이 작품 전체에 끊임없는 웅성임과 숨결을 불어넣어 놀라운 협화음을 만들어낸다.

그 누구의 삶도 단선적이고 획일적으로 평가하거나 묘사할 수 없는 것이 사실인데, 제르맹은 이런 이례적인 글쓰기를 통해 역사의 비극 한복판에 던져진 주인공의 정신세계를 어떤 사실주의적 묘사보다 더 생생하게 전달하고 있다.

『마그누스』에서는 우선 제르맹의 작품에 자주 등장하는 주제인 인간에게 저질러진 불의와 폭력, 그리고 용서와 화해의 문제가 다뤄진다. 주인공에게 닥친 비극의 출발점은 1943년 7월 함부르크에 가해진 폭격(고모라 작전)이다. 함부르크 시민 절반에 해당하는 5만 명 이상의 민간인이 희생당한 이 실제 사건으로 인해 주인공은 이전의 기억을 모두 상실하며 백지상태에서 삶을 다시 시작하게 된다. '단장 11'과 '단장 12' 사이에 '단장 1'이 고모라 작전의 묘사와 함께 끼어드는데, 이것은 주인공이 또 한번 원점에서 출발해야 하는 시점이기도 하다. 인간들이 휘두르는 광기와 폭력의 한 예가 주인공의 가장 먼 기억 속에 자리하는 것이다.

그런가 하면 이 작품을 관통하는 반성의 주제는 '평범하기 그지없는 악의 얼굴'이다. 철학자 한나 아렌트가 부각시킨 '악의 평범성'이 몇몇 인물들의 묘사를 통해 섬뜩할 만큼 생생하게 다뤄진다. 요컨대 클레멘스 둥켈탈과 그 주변 인물들은 나치 친위대 중령 아돌프 아이히만의 분신들인 것이다. "너무도 쉽사리 악과 한패가 되는 인간의 광기라는 미로 속에서 탐정(주인공)은 길을 잃는다. 악과 선, 악과 의무를 혼동하는 인간의 어리석음이라는 심연 앞에서 휘청거린다. 그들은 온순한 열의를 바쳐, 아무 양심의 가책도 없이, 더없이 수치스러운 일들을 완수한 것이다" (149쪽).

특히 이 책에는 수많은 죽음의 장면이 등장하는데, 그중 주인공의 구원의 문제와 직결되는 특기할 만한 죽음은 두 성자(로타르와 장 수사)의 죽음이다. 우리는 이 두 사람의 죽음을 통해 각기 다른 방식으로, 디트리히 본회퍼가 일찍이 언급한 "우리 스스로 완전히 동의한 죽음"(198쪽)의 모습을 엿볼 수 있다. "전쟁의 수많은 양상을 이미 경험한 우리는 죽음이 갑작스럽고도 우연하게 피상적인 방식으로 우리를 덮치지 않기를 감히 기대할 수 없게 되었다. 죽음이, 충만한 삶의 한복판에서 우리가 온전히 참여해 이루어지는 무엇이기를 기대해볼 수 없게 되었다는 말이다. 그러나 우리의 죽음을 우리 스스로 완전히 동의한 죽음으로 만드는 것은 외적인 조건이 아니라 우리 자신이다."(197~198쪽) 나치가 가해오는 죽음의 위협 앞에서 본회퍼가 전하는 이 고백은 서로 다른 상황 속 두 사람이 생의 마지막을 맞이하는 태도와 무관하지 않다. 장 수사가 죽은 뒤 주인공은 모르방을 떠나면서 장 수사와 함께 식사를 했던 보리수 발치에 로타르의 데스마스크를 묻는데, 실제로 두 사람의 생애와 죽음은 우리가 예감하는 주인공의 최종적인 구원과 맞물려 있다.

주인공 마그누스가 추구하는 화해의 여정은 『마그누스』의 작가가 구원의 언어를 찾아 나아가는 여정과 평행선을 이룬다. (실제로 모든 소설 작품에서 이루어지는 등장인물의 구원은 작가가 창조한 언어 세계를 통해 독자가 짐작하게 되는 현실이 아닌가!) 주인공이 모르방에 정착해 시작한 칩거의 삶은 무기력하거나 수동적인 동면이 아니다. "감지되지 않는 느릿느릿한 작업으로 꽉 찬 동면" "침식작용이나 동굴 속에 고드름이 형성되는 작용과도 흡사한 작업" "광기에 가까운 인내와 집중, 사고의 연마를 요구하는 작업" "자아를 벗어던지는 행위"(249쪽)다. 제르맹의 표현을 빌리면, 구원을 추구하는 인물들은 "한 이야기에서 다른 이야기로 이동하며 쉴새없이 하나의 말을 구한다. 설령 죽음의 대가를 치르는 한이 있더라도 마침내 충만한 삶을 살 수 있게 해줄

말을."(277쪽)

이처럼 주인공이 내면의 음성에 귀기울이며 찾는 구원과, 제르맹이 말하는 '글쓰기 과정'은 서로 닮아 있다. 즉 제르맹에게 글을 쓴다는 것은 "프롬프터박스로 내려가, 단어들 사이 혹은 주위에서, 때로는 단어들 한복판에서, 언어가 침묵하며 숨쉬는 소리에 귀기울이는 법을 배우는 것"(13쪽)이기 때문이다. 언어를 통해 비로소 가능해지는 세계, 형상화되고 현실화되는 구원이다. 실비 제르맹의 책을 읽으며 문학의 역할이 어디에 있는지 생각하게 하는 대목이다.

이창실

지은이 **실비 제르맹**
1954년 프랑스 샤토루 출생. 소르본대학교에서 철학을 전공했다. 첫 장편소설 『밤의 책』(1985)을 시작으로 역사에 뿌리를 둔 상상력 가득한 작품세계를 창조해왔다. 『분노의 날들』(1989)로 페미나상을, 『마그누스』(2005)로 '고등학생들이 선정하는 공쿠르상'을 수상했다. 『호박색 밤』 『프라하 거리에서 울고 다니는 여자』 『숨겨진 삶』 등을 발표했다.

옮긴이 **이창실**
이화여자대학교 영어영문학과를 졸업하고, 프랑스 스트라스부르대학 응용언어학 과정을 이수한 뒤, 이화여자대학교 통번역대학원 한불과를 졸업했다. 이스마일 카다레의 『죽은 군대의 장군』 『누가 후계자를 죽였는가』 『광기의 풍토』와 실비 제르맹의 『마그누스』 『분노의 날들』 『숨겨진 삶』 등을 비롯하여 『너무 시끄러운 고독』 『세 여인』 『아시시의 프란체스코』 『빈센트 반 고흐』 등을 우리말로 옮겼다.

문학동네 세계문학
마그누스

1판 1쇄 2015년 4월 6일 | 1판 2쇄 2020년 6월 9일

지은이 실비 제르맹 | 옮긴이 이창실 | 펴낸이 염현숙
책임편집 김영수 | 편집 신선영 김이선 최민유 | 독자모니터 김봉곤
디자인 고은이 이원경 | 저작권 한문숙 김지영 이영은
마케팅 정민호 이숙재 양서연 박지영 | 홍보 김희숙 김상만 지문희 우상희 김현지
제작 강신은 김동욱 임현식 | 제작처 한영문화사(인쇄) 신안제책사(제본)

펴낸곳 (주)문학동네
출판등록 1993년 10월 22일 제406-2003-000045호
주소 10881 경기도 파주시 회동길 210
전자우편 editor@munhak.com | 대표전화 031) 955-8888 | 팩스 031) 955-8855
문의전화 031) 955-3578(마케팅) 031) 955-8860(편집)
문학동네카페 http://cafe.naver.com/mhdn | 트위터 @munhakdongne
북클럽문학동네 http://bookclubmunhak.com

ISBN 978-89-546-3547-9 03860

잘못된 책은 구입하신 서점에서 교환해드립니다.
기타 교환 문의 031) 955-2661, 3580

www.munhak.com